CORONEL MOSTARDA COM O CASTIÇAL NA BIBLIOTECA

JULIANA GIACOBELLI

CORONEL MOSTARDA com o CASTIÇAL na BIBLIOTECA

Rio de Janeiro, 2024

Copidesque: **Laura Pohl**

Revisão: **Lui Navarro e Daniela Georgeto**

Design de capa: **Ren Nolasco**

Projeto gráfico e diagramação: **Vitor Castrillo**

Imagens do miolo: **Shutterstock**

CIP-BRASIL. CATALOGAÇÃO NA PUBLICAÇÃO
SINDICATO NACIONAL DOS EDITORES DE LIVROS, RJ

G354c

> Giacobelli, Juliana
> Coronel Mostarda com o castiçal na biblioteca / Juliana Giacobelli. - 1. ed. - Duque de Caxias [RJ] : Editora Pitaya, 2024.
> 240 p. ; 21 cm.
> ISBN 9786555115987
>
> 1. Romance brasileiro. I. Título.

24-92508	CDD: 869.3
	CDU: 82-93(81)

Gabriela Faray Ferreira Lopes - Bibliotecária - CRB-7/6643
25/06/2024 28/06/2024

Editora Pitaya é uma marca licenciada à Casa dos Livros Editora Ltda.
Todos os direitos reservados à Casa dos Livros Editora LTDA.
Rua da Quitanda, 86, sala 601A - Centro,
Rio de Janeiro/RJ - CEP 20091-005
Tel.: (21) 3175-1030
www.harpercollins.com.br

*Para você que já teve a sorte ou o azar
de se apaixonar por um melhor amigo*

1
Hall

A caixa do jogo já estava caindo aos pedaços.

As abas rasgadas levantavam e abaixavam conforme Davi andava pelo corredor, e a base havia sido remendada tantas vezes com fita adesiva que a tampa não encaixava mais. Ainda fechava direito da primeira vez que Vicente jogara, quase uma vida inteira atrás. Naquela época, os primos de Davi exibiam buracos no lugar de dentes, ele provavelmente tinha metade do tamanho que tem hoje e certas linhas ainda não tinham sido borradas entre os dois garotos.

Estava escuro lá fora e a chácara dos tios de Davi ficava literalmente no meio do mato, no topo de uma colina. Se você ficasse na ponta dos pés no deque da piscina e espremesse bem os olhos, era possível ver um pouco das luzes da cidade ao longe.

— Minha mãe disse que perdeu um pino — comentou Davi, sentando-se no chão do outro lado da mesinha de centro da sala. — Daí eu trouxe um pregador de roupa.

Claro que o pino perdido pertencia ao Prof. Black, com quem Vicente sempre jogava. O problema era que *Detetive* tinha regras muito sérias, e não necessariamente oficiais, na família problemática de Davi, então mudar de personagem de última hora estava fora de cogitação.

— Desculpa, Vi — completou Davi, dando de ombros, um sorrisinho no rosto enquanto distribuía as peças. Estava calor, era dezembro e, embora já passasse das onze da noite, a casa ainda estava abafada. Talvez fossem todas aquelas portas de vidro, talvez fosse o fato de o sol bater o dia todo nas paredes. Todos estavam ou de regata ou sem camisa, atirados no chão com potes de sorvete e garrafas de refrigerante espalhadas entre pernas e almofadas. Nos fundos, os tios de Davi ainda riam e bebiam perto da churrasqueira.

Vicente olhou para tudo aquilo e deu um suspiro, tentando registrar os detalhes do sítio por quem sabe uma última vez: o pé-direito que lhe parecera impossivelmente alto da primeira vez que entrara ali; a planta aberta, responsável por tantas broncas quando saía alguma briga na sala e alguém que estava fazendo janta na cozinha via; a textura do piso de madeira pelo qual ele e Davi tinham corrido tantas vezes nas férias. Agora, com o resultado do vestibular chegando, era impossível prever o que seria dali para a frente. O que seria dos dois.

Vicente tirou o pregador da mão de Davi, com muito cuidado para não tocar nos dedos do outro garoto. Ele queria tocar. Queria segurar a mão dele. Queria puxar Davi para o outro lado da mesa e...

Vinícius bateu com o joelho contra o de Vicente e ele mordeu a língua. A história de que irmãos gêmeos conseguiam ler os pensamentos um do outro podia até não ser completamente verdade, mas Vinícius tinha a sutileza de um husky siberiano nadando em uma piscina olímpica, então Vicente devolveu o cutucão.

Você devia falar com ele, Vinícius provavelmente queria dizer.

Não vou coisa nenhuma, Vicente esperava que o irmão entendesse.

Vinícius deu uma cutucada ainda mais forte. Ossinho de joelho contra ossinho de joelho.

Você é um tonto.

Para com isso.

Se você não falar nada, eu juro que falo.

E eu juro que empurro você morro abaixo, Vinícius.

O tabuleiro fez um *creeeeeck* quando foi aberto e os dois ficaram imóveis. Ainda era aquela versão mais antiga de *Detetive*, da caixa preta, e Davi fez uma careta ao estender o papelão sobre a mesa de centro. Uma das primas dele, Bruna, recolheu as mãos como se uma barata fosse pular da caixa.

Evidentemente, o jogo já tinha visto dias melhores. As pontas do tabuleiro estavam gastas, com o papelão descascando. Manchas de origem duvidosa cobriam as ilustrações. Uma delas podia ser café, Vicente se lembrava de ter derramado um tempo atrás, quando estava caindo de sono e Davi se recusara terminantemente a deixar a partida pela metade. Na borda, perto do salão de jogos, havia um resto de bala derretida, que ainda grudava se você apoiasse o cotovelo nela sem querer. Uma bolinha vermelha sobre a sala de música parecia ketchup seco e era melhor nem pensar muito no que as outras manchas poderiam ser.

Meu Deus, que nojo.

— Talvez — sugeriu Vinícius, ao lado de Vicente — esteja na hora de vocês comprarem um jogo novo.

— Quê? — falou Davi, ofendidíssimo. — Isso aqui é uma relíquia de família, essa edição nem existe mais pra vender.

— É capaz de alguém pegar uma doença se encostar aí, Davi.

— Então não encosta, ué.

Raíssa, irmã de Bruna, aproximou o rosto do tabuleiro e deu uma fungada.

— Jesus Cristo, é você que vai mexer todos os pinos, porque eu não vou encostar nisso, não — reclamou ela.

Dos primos, Raíssa era a mais parecida com Davi: tinha

cabelos claros e rebeldes, mais cheios depois do cloro da piscina, e olhos como duas gotinhas de mel, quase da mesma cor que os de Davi. *Quase.* Vicente tinha certeza de que conseguiria distingui-los a quilômetros de distância, se precisasse. — Tá cheirando a chantilly azedo. Deve ser lá daquela vez ainda. De você e do Vicente.

Claro que alguém iria lembrar.

As bochechas de Vicente esquentaram, o vermelho se espalhando pelo pescoço todo, subindo até as orelhas. Não tinha sido grande coisa, só uma guerrinha de chantilly, mas tem certas coisas que a gente descobre sobre si mesmo em uma situação assim.

— Faz, tipo, décadas — argumentou Davi. Os olhos se moveram do tabuleiro para os de Vicente com a agilidade de um beija-flor. — Não deve ser.

Vinícius cutucou o joelho de Vicente de novo, mexendo as sobrancelhas e tudo, obviamente. Vicente esperava muito que Davi estivesse ocupado ajeitando as cartas e não prestando atenção em nenhum dos dois.

Exceto que uma parte dele desejava que Davi estivesse, sim, prestando atenção. Em Vicente. Ainda. Mesmo depois de tanto tempo, mesmo depois de tudo.

Ele suspirou com força, ajeitando-se no lugar. Afastou-se um pouco do irmão também, caso Vinícius decidisse continuar batendo em seu joelho com aquela delicadeza característica.

Davi pegou as cartas do jogo para embaralhá-las e separá-las em três pilhas diferentes. *Detetive* tinha uma premissa muito simples: descobrir, entre os seis jogadores, quem era o assassino, onde o crime havia acontecido e com que arma. O vencedor, pelo menos em teoria, era quem acertasse os três em um único palpite.

Alguém plastificara as cartas com *Contact* preto na parte de trás de tão amassadas que estavam. A carta da corda, por exemplo, tinha uma dobra tão grande que todo mundo já sabia qual era só de bater o olho, e certas medidas precisaram ser tomadas. Portanto, o *Contact* preto.

Bruna distribuiu os pinos na parte de cima do tabuleiro, cada um em sua posição inicial, e fez uma pilha com os desenhinhos que faziam as vezes de miniatura das possíveis armas do crime. As pecinhas de plástico cinza foram perdidas no tempo, e agora a maioria era um desenho torto de canetinha colorida em um pedaço de papelão que Davi tirara de uma caixa de sucrilhos. Vicente tinha desenhado a chave inglesa, mas ficou parecendo mais a cabeça torta de um dinossauro. O castiçal se transformara em um pirulito, o que sempre causava risadinhas quando era colocado em um palpite.

Caio, o terceiro primo de Davi em volta da mesa, colocou o punhal, a única peça original do jogo, ainda de plástico, bem no meio do quadrado no tabuleiro que representava a cozinha. Diferentemente de Davi, que vivia com o cabelo volumoso em um comprimento questionável, Caio nunca tinha mais do que um dedo de cabelo na cabeça, usava um piercing na orelha esquerda que ninguém nunca soube muito bem de onde veio e agora estava com um bigodinho horroroso que mais parecia sujeira acima dos lábios.

Davi terminou de embaralhar as três pilhas. De cada categoria, puxou uma única carta, e então as guardou no envelopinho improvisado. Também não era original; só uma folha de caderno dobrada e colada com fita adesiva colorida que já estava soltando.

Em seguida, Davi uniu as três pilhas diferentes de cartas e as embaralhou todas juntas para distribuí-las entre os seis ao redor da mesa. O bloco original de anotações, naturalmente, já não existia mais. Era cada um por si na hora de fazer as anotações em folhas de papel.

Os adultos riram alto de alguma coisa perto da churrasqueira e aumentaram a música ruim que emanava de uma caixinha de som em algum lugar. Era sempre assim quando a família de Davi fazia churrasco: a conversa e a música iam até tarde da noite, mesmo que não fosse uma ocasião especial. Mesmo que não fosse para ser.

Vicente suspirou.

Desde que havia chegado, uma sensação de que *era isso* parecia cobrir cada centímetro de seu corpo, era algo que se escondia em cada canto do sítio, enrolava-se em cada pensamento.

Talvez ele e Davi fossem para universidades em cidades diferentes dali a poucos meses e era isso.

Talvez esse fosse o último churrasco dos dois e era isso.

Talvez, no fim, eles fossem sempre ser apenas amigos. E era isso.

Vicente engoliu em seco quando Davi colocou o dado no meio da mesa.

— Quem tirar o número maior começa.

Vinícius pegou o dado e jogou. Rolou para baixo da mesa e todos praticamente se enfiaram debaixo dela para ver o resultado, caso Vinícius tentasse roubar. Caiu um cinco, então ele nem tentou.

— O jogo nem começou — resmungou ele.

Bruna deu uma risadinha, correndo os dedos pelos cabelos castanhos curtinhos. Costumava ser na altura da cintura, até que um dia ela supostamente se cansou e quase raspou tudo.

— Se você roubasse e a gente visse — disse ela —, ia pagar castigo mesmo assim.

Essa era uma coisa curiosa sobre *Detetive* na família do Davi. Ninguém sabia direito quando tinha começado. Na primeira vez que Vicente foi convidado para jogar, ainda na casa de Davi, a dinâmica já era assim.

A questão era que, naquela casa, valia de tudo. Você podia roubar e fazer literalmente o que quisesse: mexer pinos, mentir no resultado do dado, espiar a carta do coleguinha. Só não podia ser pego. Porque quem fosse pego roubando precisava pagar castigo, e essa condição era absolutamente inegociável.

Quando era pequeno e ainda não podia jogar, Vicente sempre ouvia os adultos, fosse no sítio ou na casa de Davi, rindo e gritando. Ficavam ele, Vinícius e Davi espiando de longe, muitas vezes quando já deveriam estar dormindo, até que, com uns 12 anos, deixaram os garotos participarem pela primeira vez.

Bruna, Raíssa e Caio já tinham seus peões. Os três que sobraram eram o amarelo do Coronel Mostarda, o preto do Prof. Black e o rosa da Srta. Rosa. Davi pegou o dele primeiro, o Coronel Mostarda, e Vicente ficou olhando para os dois que haviam sobrado.

Naquela época, uma parte dele queria pegar o rosa, fazia-o se lembrar dos brinquedos da Disney que via nas lojas e que tinha vergonha de pedir para os pais. Princesas, castelinhos, essas coisas. Mas o que todo mundo ia pensar se ele pegasse o peão rosa? O que *Davi* ia pensar?

Então, engolindo em seco e aproveitando que Vinícius ainda vinha da cozinha com a boca cheia de salgadinho, pegou o pino preto.

Assim que se sentou à mesa, o irmão franziu as sobrancelhas, olhou para o pino rosa que sobrara, olhou para Vicente e fez um *huh*. Desde então, os personagens nunca mais foram trocados.

— E aí eu juro que ia fazer você pular na piscina gelada, Vini — completou Davi, pegando o dado para jogar.

— É? E aí eu ia vir correndo te abraçar pra você ver o que é bom.

Davi riu, os olhos mais uma vez encontrando os de Vicente sem querer. Parecia que era sempre assim. Nunca de propósito.

Davi jogou o dado e tirou dois. O dado foi passando pela mesa, deixando Vicente por último. É claro que ele tirou um, e teve a certeza de que aquilo se tratava de um presságio do jogo que estava por vir. Nem tentaria roubar. Não estava com a menor vontade de pagar castigo, ainda mais... ainda mais com Vinícius ali do lado, vai saber o que irmão podia inventar. O coração de Vicente palpitava só de pensar.

Raíssa, que tirara um seis, foi quem começou o jogo. Assim que ela rolou o dado, um silêncio quase religioso se apossou da sala, olhos seguindo de um lado para o outro. A graça, na verdade, não era nem ganhar. Era pegar o outro roubando e obrigá-lo a fazer alguma coisa vergonhosa.

Todos estavam prestando muita atenção. Durante as duas primeiras rodadas, os pinos — incluindo o pregador de roupas de Vicente — permaneceram comportadinhos.

Davi, sempre com o pino amarelo do Coronel Mostarda, foi o primeiro a conseguir entrar em um cômodo — o hall — e, portanto, foi o primeiro a dar um palpite.

— Eu acho... — começou ele, olhando para as próprias cartas. Os dedos eram longos, com unhas curtas e irregulares que ele roía sem perceber. — Que foi o Prof. Black, com a chave inglesa, no hall.

Vicente respirou fundo, cruzando os braços enquanto seu pregador de roupas era teletransportado para o cômodo com a etiqueta "hall", parando exatamente ao lado do pino de Davi.

A primeira vez que Vicente viu Davi foi no início das aulas do terceiro ano do fundamental, no hall da escola. Vicente tinha acabado de mudar de uma escolinha minúscula para um colégio que ia até o ensino médio, e a perspectiva de andar do portão de entrada até a sala de aula sozinho, em um lugar cheio de crianças maiores que ele não conhecia, era absolutamente aterrorizante. E se tropeçasse e caísse na frente de todo mundo? E se alguém o empurrasse? E se não conseguisse encontrar a sala de aula correta e ficasse perdido na escola *para sempre*?

Era uma escola bem grande. Vicente poderia muito bem se perder e nunca mais voltar.

Para piorar, Vinícius mal se despedira da mãe no portão antes de sair correndo, descendo a rampa que dava no pátio desembestado, sem esperar, sem nem olhar para trás. Vicente não conseguia entender como podiam ter praticamente a mesma cara e ainda assim serem tão diferentes. Nossa senhora, como era irritante.

Crianças passaram por ele, rindo e correndo. Vicente apertou as alças da mochila grande demais do Ben 10, encarou os tênis novinhos em folha do Batman que a mãe tinha comprado porque eram pretos, e assim não iriam encardir tanto, e obrigou as pernas a se mexerem. Dava para ver o hall do prédio lá de cima da rampa. Era só descer.

E ele desceu. Não foi tão difícil assim, embora Vicente tivesse percorrido o caminho inteiro agarrado ao corrimão, só por precaução. Ninguém estava vigiando, de qualquer forma. Mais tarde, se alguém em casa perguntasse, era só dizer que tinha ido atrás de Vinícius, como sempre. Era uma estratégia que ele aprendera bem rápido: na dúvida, era só seguir o irmão.

Vinícius sempre fora o primeiro em tudo. O primeiro a andar, a falar, o primeiro até a conseguir tomar banho sozinho. Vicente não tinha como ter certeza, é claro, mas sempre desconfiou que os pais esperavam que fosse mais parecido com irmão. E ele nunca conseguia ser.

Por fim, Vicente chegou no hall. As mãos já estavam suando ao apertar as alças da mochila. Ele abriu e fechou os dedos enquanto respirava fundo.

Estava lotado. Lotado e barulhento, as duas coisas que mais odiava na vida. Uma inspetora segurava uma garotinha pela mão, uma outra tentava apartar uma briga no meio do corredor. As portas das salas estavam escancaradas, e mais barulho vinha de dentro delas.

Vicente fechou os olhos por um segundo. Respirou fundo três vezes, como às vezes via as pessoas fazerem na televisão. Depois disso, ele entrou, encarando os próprios pés, só levantando o olhar para ter certeza de que estava seguindo na direção da plaquinha do terceiro ano.

Foi precisamente por esse motivo que não viu o garoto saindo do banheiro e os dois deram um encontrão daqueles.

— Ai — resmungou o menino, enquanto Vicente continuava parado, olhando para o chão, sem saber se deveria pedir desculpas ou só sair correndo.

No fim, não fez nenhuma das duas coisas, porque o menino em questão se abaixou na frente dele e o encarou, como se estivesse procurando por um chinelo perdido embaixo da cama.

— Machucou? — perguntou o garoto.

Vicente fez que não com a cabeça. Tentou com todas as forças não olhar para o menino, mas ele era insistente, e continuou ali, encarando-o, abaixado, esperando que Vicente abrisse a boca, o que fez o garoto finalmente soltar um suspiro derrotado e se endireitar.

— Não machucou — respondeu, meio irritado.

Só então olhou de verdade para o menino pentelho que sorria de volta para ele.

O garoto era um pouco menor que Vicente e tinha cabelos claros de um comprimento que o fazia pensar que a mãe dele não o obrigara a ir ao cabelereiro antes das aulas começarem. Era incrível. O cabelo dos gêmeos sempre estava curtinho, a nuca praticamente raspada. O do menino? Emoldurava seu rosto, até *pulava*.

E nem era só isso. O garoto tinha olhos castanhos--claros, quase da cor do vidrinho de mel que ficava na despensa. Alguns dentes faltavam no sorriso que ele exibia, e Vicente saberia disso mesmo que não fossem os dentes da frente, porque o outro não parava de sorrir.

— Qual seu nome? — perguntou o menino.

Vicente deu um passo para trás. O menino ocupava espaço, parecia aqueles cachorros que gostam de carinho o tempo todo.

— Vicente — respondeu, olhando em volta.

Ninguém estava prestando atenção nele, o que era bom, porque senão só ficaria com mais vergonha ainda, com a sensação de que a cabeça explodiria de tão quente.

O rosto do menino se iluminou, os cabelos claros e selvagens pulando no lugar.

— Eu acho que tem um Vicente na minha sala — disse ele.

Vicente deu mais um passo para trás. Era só o que faltava.

— Como você sabe?

— Porque tem uma lista de chamada do lado de fora. Vem cá.

Então, para o total e completo desespero de Vicente, o menino, cujo nome ele sequer sabia, o segurou pelo pulso e o arrastou pelo corredor, até a última sala, depois do bebedouro, depois da curva, onde havia um quadro verde de tachinhas com letras coloridas de E.V.A. que dizia "BEM-VINDOS!".

— Aqui! — exclamou o menino, parando em frente a uma folha sulfite cheia de nomes colada na parede do lado de fora da porta. O dedo desceu, acompanhando nome por nome, e Vicente prendeu a respiração quando chegou ao final. — Qual seu sobrenome?

Vicente queria falar que não fazia diferença, que nunca tinha conhecido outro Vicente na vida, mas também não queria ser mal-educado.

— Rios — respondeu ele.

O dedo do menino parou na lista. Ele moveu os lábios, as sobrancelhas franzidas em uma expressão de quem estava lendo o nome devagarinho para si mesmo, até que se virou e abriu um sorriso desse tamanho de dentes faltando.

— É você mesmo! A gente tá na mesma sala!

Não fazia diferença, não fazia diferença alguma, mas o sorriso do garoto fez Vicente ter vontade de sorrir também. E porque fez parecer que alguma coisa havia sido tirada de suas costas, como quando você chega cansado da escola com uma mochila pesada cheia de cadernos e pode finalmente largá-la na cama.

— Vi? — Alguém chamou do outro lado do corredor, e Vicente se virou. Vinícius estava com a cabeça para fora da porta, já suado, os tênis desamarrados. — Você ficou nessa sala?

Vicente apertou as alças da mochila com força outra vez. O menino sem nome estava olhando dele para Vinícius como se não estivesse entendendo como os dois podiam ser tão iguais.

Vicente odiava que eram iguais. Odiava que eram tão diferentes.

— Hum — murmurou Vicente, trocando o peso de perna e cobrindo um pé com o outro. — É.

Vinícius sorriu, tirando os cabelos suados da testa.

— Ainda bem.

E, sem mais nem menos, voltou para dentro da sala.

Vicente soltou o ar, mudou o peso de perna outra vez e olhou para o menino de cabelo claro que continuava parado na sua frente.

— É meu irmão gêmeo — explicou.

O garoto ficou em silêncio por um instante, olhando para Vinícius dentro da sala, depois para Vicente, concentrado como se estivesse fazendo uma prova de matemática sem ter estudado direito. Então sorriu de novo, a expressão de quem finalmente resolveu o problema.

— Seus olhos são maiores.

Vicente até prendeu a respiração outra vez. O coração parecia prestes a explodir dentro do peito, o corpo todo pulsava, da ponta das orelhas até os dedos dos pés.

Seus olhos são maiores, seus olhos são maiores, seus olhos são maiores.

— São?

— São.

São.

— Você não vai entrar? — perguntou o menino. — Tem um lugar vazio atrás de mim.

Vicente assentiu. Assentiu enfaticamente.

Então, ele se lembrou de uma coisa.

— Espera — falou. — Você não me falou seu nome.

O menino se virou, encarando-o com aqueles olhos que pareciam duas gotinhas de mel, o sorriso permanente no rosto. Vicente decidiu que gostava daquele sorriso, o que era esquisito, porque nunca tinha gostado de nenhum sorriso em especial antes. Muito menos de um com tantos dentes faltando.

— Davi — falou o menino. — Você vem comigo?

Vicente abriu e fechou os dedos na alça da mochila mais uma vez.

Daquela vez, não seguiria Vinícius.

Daquela vez, ele seguiria Davi.

2
Salão de jogos

Davi fez anotações em sua folha de papel depois de olhar a carta que Bruna precisou mostrar para ele. Todo mundo estava com um olho pregado nos dois, e outro no tabuleiro. Vinícius, ao lado de Vicente, estava bobeando com as cartas e Vicente tinha certeza de que, se tentasse, se esticasse o olhar só um pouquinho, conseguiria espiar alguma coisa.

Ele não faria isso, porque nem morto seria pego roubando justamente pelo irmão, mas que se coçou, se coçou.

Depois dele, era a vez de Bruna. Ela rolou o dado, tirou dois, resmungou e mexeu o próprio pino. Caio foi depois dela, e também não conseguiu avançar. Raíssa jogou o dado em seguida, bem no instante em que um dos adultos deu uma risada bêbada e escandalosa lá na churrasqueira e todas as cabeças se voltaram na direção do barulho. Ou quase todas.

Infelizmente, Vicente só percebeu o que acontecera quando voltou a olhar para o tabuleiro e seu pregador tinha sido transportado para a sala de estar.

Era uma de suas cartas.

O que muito provavelmente significava que alguém espiara sua mão e tinha decidido teletransportá-lo para um cômodo que não poderia ser a cena do crime. Fantástico.

— Quem foi? — perguntou ele.

Cinco pares de olhos inocentes o encararam, todos fingidos.

— Vai saber — disse Vinícius, o infeliz.

Vicente poderia apostar que tinha sido o irmão. Ou talvez Davi. Davi o encarava como se o desafiasse a dizer alguma coisa, a incriminá-lo. O cabelo dele ficou mais escuro nestes últimos dez anos, e também mais comprido ou mais curto, dependendo da época, mas ele continuava dando o mesmo sorriso, agora com todos os devidos dentes e uma lascadinha no canino.

Os olhos eram os mesmos, como dois pingos de mel.

Seus olhos são maiores.

Vicente pigarreou e voltou a atenção para as próprias cartas, porque era a melhor coisa que ele poderia fazer, embora já tivesse decorado as três que tinha nas mãos.

Raíssa andou com o próprio peão, o pino branco, mas não chegou em um cômodo.

Vinícius, por sua vez, tirou um quatro no dado.

Um pé encontrou o de Vicente debaixo da mesa e Vicente se encolheu, por instinto. As bochechas de Davi ficaram vermelhas.

Vicente não deveria ter vindo. Deveria ter dito na formatura que não viria para cá.

— Tá, olha só — disse Vinícius, entrando com o próprio pino em um dos cômodos. — Eu acho que foi a Srta. Rosa, com o revólver, no salão de jogos.

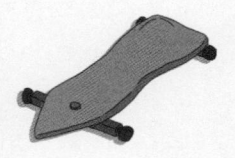

Vicente e Vinícius não costumavam ganhar brinquedos de aniversário. Eles comemoravam a data perto do Natal, então normalmente barganhavam presentes mais simples no aniversário para conseguirem alguma coisa mais divertida no Natal, como um videogame. Por isso, foi um tanto inesperado quando o pai deles resolveu que daria um carrinho de rolimã para cada um quando os gêmeos completaram 11 anos.

— O que é isso? — perguntou Vinícius, cético, quando viu o pai carregando os dois carrinhos. Um era vermelho, o outro, amarelo. — Parece um carrinho quebrado.

— Não é um carrinho quebrado — respondeu o pai, estendendo o vermelho para Vinícius.

Seu Gustavo era alto, com cabelos escuros iguais aos dos filhos, a barba sempre por fazer e um brilho divertido nos olhos castanhos muito parecido com o dos meninos. Com os de Vinícius, mais especificamente, porque era um brilho de quem estava louco para aprontar alguma coisa.

Vicente continuava parado, só observando, porque conhecia o pai. Não tinha certeza se queria chegar perto daquela coisa, parecia o tipo de invenção que faz as pessoas saírem rolando. Não tinha nem cinto de segurança. Não tinha nem onde se *segurar*.

— É um carrinho de rolimã — continuou seu Gustavo. — Vocês passam tempo demais enfurnados na frente do videogame, tá na hora de tomar um pouco de sol, respirar ao ar livre.

Vinícius não pareceu minimamente impressionado. Vicente muito menos, afinal, ele *gostava* de ficar enfurnado jogando videogame, bem longe do sol.

— O que é que é rolimã?

— As rodinhas — explicou o pai. — A gente coloca na descida e vai. Dá pra guiar pela frente, com os pés. E freia puxando essa alavanquinha aqui.

Bom, pelo menos *tinha* uma alavanquinha para frear.

Vinícius colocou o carrinho no chão, testando-o com o pé. O negócio deslizou como se tivessem passado sabão embaixo.

— Não é em pé, Vinícius, você tem que sentar — disse o pai, dando uma risadinha.

— Sentar?

— Não é um skate. A gente precisa ir lá pra fora.

— Seu Gustavo virou-se para Vicente e abriu um sorriso esperançoso. — Quer ir?

Vicente fez que não.

— Vou cair.

— Eu desço com você. Eu descia o tempo todo quando era criança. Era capaz do negócio quebrar se o pai descesse junto, isso sim, mas Vicente achou melhor ficar calado. Lá no céu, o sol brilhava feito um holofote. Vicente odiava holofotes. Fazia-o se lembrar do jardim de infância, quando participou de um teatrinho e não conseguiu dizer as falas. As palavras não saíam. Escorregavam em sua cabeça como se fossem macarrão com manteiga. No fim, ele só ficou parado no palco, os olhos arregalados, e Vinícius o puxou para os bastidores quando Vicente não conseguiu se mexer.

A professora o encarou brava, eles tinham ensaiado *tanto*, e Vicente quis sumir. Agora, queria também. Não havia ninguém na rua, porque as outras crianças deviam estar enfurnadas em casa jogando videogame. Ele considerou, muito seriamente e mais de uma vez, sair correndo e ajudar a mãe com as roupas no varal, porque até apertar pregadores parecia melhor que encarar a descida da rua em que moravam. Era infinita. Era impossível. Era coisa de gente que não tinha videogame para jogar, e ele tinha. Vários.

Muito parado, ele observou o pai caminhar até a esquina.

Seu Gustavo colocou o carrinho amarelo no chão enquanto Vinícius se sentava no vermelho, mexendo-o para a frente e para trás.

— É divertido — prometeu o pai, olhando para Vicente. — Mas, se você não quiser descer sozinho, a gente pode chamar o Davi. O que você acha?

As mãos e os pés de Vicente formigaram. Ele podia apostar que Davi adoraria o carrinho, afinal, ele era o primeiro a sair correndo e pegar a bola de futebol quando o sinal da educação física batia. Ele pulava em piscinas sem nem se dar ao trabalho de ver se eram fundas. Subia em escorregadores pela parte de *escorregar*.

— Pode... pode ser.

Seu Gustavo pegou o celular e ligou da rua mesmo. Davi chegou uns quinze minutos depois. Ele morava praticamente ali do lado, no bairro vizinho, e a amizade da escola já tinha se transformado em fins de semana passados juntos e férias um na casa do outro. Mais que isso, por algum motivo que Vicente não conseguia entender, Davi gostava dele. De *estar* com ele, mesmo que nem sempre Vicente falasse muito ou conseguisse correr tão rápido ou fosse tão bom quanto Vinícius jogando videogame.

Seus olhos são maiores.

Era como se Davi falasse, corresse e jogasse quando Vicente não conseguia, colorindo as partes de um desenho que Vicente havia se esquecido de pintar.

Vicente ainda estava pensando nisso quando Davi desceu do carro com um salto, tão cheio de sol, tão *ele*, com os cabelos esvoaçantes, camiseta, shorts e chinelo. Os dentes agora tinham crescido e o sorriso dele tinha ficado ainda mais largo.

Davi acenou para o pai dentro do carro, que em troca buzinou e foi embora pedindo para Davi avisar quando fosse a hora de buscá-lo.

Vicente se levantou da calçada, onde tinha ficado esperando, e limpou a bermuda. Seu Gustavo e Vinícius ainda estavam no topo da descida, conversando sobre sabe-se lá o quê, e Davi apontou para o carrinho amarelo largado na rua.

— Isso é um carrinho de rolimã? — perguntou ele.

— Meu pai disse que é.

— Como é que anda nisso?

— Sei lá, você senta e vai. Eu acho. Meu pai disse que é assim. Ele tá ali na rua descendo com o meu irmão.

Davi estreitou os olhos, como se estivesse examinando o carrinho.

— Dá pra andar de dois?

Vicente olhou para o carrinho. Parecia pequeno, para falar a verdade, mas os dois não eram tão grandes assim.

— Se a gente apertar um pouco, acho que dá.

Na verdade, não dava, ao menos não direito, mas eles ainda não sabiam disso. E Vicente meio que queria que desse. Não desceria sozinho nesse negócio de jeito nenhum.

Os dois pegaram o carrinho, um de cada lado, e o arrastaram juntos pela rua, a madeira sacudindo e fazendo muito mais barulho do que Vicente gostaria que fizesse. Quer dizer, era um carrinho escandaloso. Todo mundo saberia que eles estavam descendo e a vontade de sair correndo para pregar roupas voltou com força total.

Quando chegaram ao topo da ladeira, encontraram o pai de Vicente olhando para Vinícius. O irmão estava sentado no carrinho, preparado para a descida, mas com os pés firmes no chão. Ele parecia um tanto pálido.

— Eu fico lá embaixo pra te pegar — disse seu Gustavo, estendendo a mão para bagunçar o cabelo do filho. — É divertido, eu sempre brincava quando era criança.

Vinícius fez cara de quem duvidava.

— Parece meio assassino.

O pai deles já estava lá embaixo, claramente desolado.

— Vem logo, Vinícius.

Vinícius não foi, só continuou lá sentado, olhando para a descida como se ela fosse o chefão de um jogo e o avatar de Vinícius ainda não estivesse forte o suficiente para enfrentá-la.

— Vem — disse Davi, puxando o carrinho mais rápido. — Se ele não quer descer, a gente desce.

Para falar a verdade, Vicente já não tinha mais tanta certeza assim de que queria descer, mas também não queria dar para trás na frente de Davi, então engoliu o bolo de saliva preso na garganta e o acompanhou.

— Como faz? — perguntou Davi, quando colocaram o carrinho no chão ao lado do de Vinícius.

Vicente não fazia a menor ideia, mas provavelmente era só sentar, colocar os pés nos negocinhos ali na frente, fechar os olhos e torcer pelo melhor.

— Acho que é só ficar igual ao meu irmão — disse ele.

Davi aparentemente não precisava de outra explicação, porque, assim que Vicente fechou a boca, ele já estava sentado, os pés nos apoios, tentando girar as rodinhas. Quando tirou os dois pés do chão, o carrinho começou a descer sozinho, mas Davi conseguiu pará-lo a tempo.

— Você quer, tipo... ir sozinho? — perguntou Vicente, sem saber se queria que Davi dissesse que sim ou que não.

Ele não queria muito descer, a descida parecia mesmo meio assassina, mas, se *fosse* para descer, queria que fosse com Davi. Na verdade, queria que Davi fosse o primeiro a falar para descerem *juntos*.

— Não — respondeu Davi, chegando mais para a frente, os joelhos ossudos dobrados. — Sobe aqui.

Vicente olhou para o pai lá embaixo, que estava agora com as mãos na cintura. Seu Gustavo deu um suspiro que sacudiu o corpo por inteiro, como se estivesse bem cansado da enrolação dos filhos.

Vicente subiu no carrinho, ajeitou as pernas para ficarem ao lado das de Davi e reparou, pela primeira vez, que o cabelo de Davi cheirava a xampu de tutti-frutti. Que esquisito reparar no cheiro do cabelo das pessoas. Vicente nunca tinha pensado nisso antes.

Davi estava com os pés no asfalto, segurando o carrinho no lugar. Sentado atrás dele, Vicente mal conseguia enxergar a descida, mas o coração já estava querendo saltar pela boca. Que ideia burra, meu Deus.

— Eu vou soltar — anunciou Davi, baixinho, como se fosse só para Vicente ouvir.

A boca de Vicente estava até seca.

— Tá bom.

Davi deu um impulso com o pé e o carrinho começou a descer.

Vicente se segurou em Davi, dane-se, e fechou os olhos com força. O carrinho vibrava.

— Abre o olho, Vi!

Davi não tinha como saber que Vicente estava com os olhos fechados, é claro, mas ele sempre parecia adivinhar essas coisas. Quando Vicente não gostava de uma comida e tentava fingir que estava tudo bem, por exemplo, Davi recolhia os pratos sem falar nada. Ou quando Vicente sabia que ia ser o último a ser escolhido na educação física e Davi o escolhia primeiro, como se nenhuma outra possibilidade sequer tivesse passado pela cabeça dele.

Ou agora, quando Vicente estava com medo e fechava os olhos. Davi sabia.

— Vai! — insistiu Davi.

E Vicente abriu, mesmo sem querer muito, só porque Davi tinha pedido.

Bom, quem diria, foi outra ideia burra.

O cabelo de Davi ficou todo contra o vento, e seu pai estava lá embaixo, de braços abertos como se fosse um goleiro. O carrinho tremia feito uma carroça, Jesus amado, não dava para ver nada direito, fazia um barulho dos infernos. Parecia até uma moto escandalosa. Mesmo assim, Vicente olhou para trás, para a cara de bocó do irmão, lá em cima, sentado no carrinho, sem ter coragem de descer.

Vicente até deu um tchauzinho.

Foi aí que as coisas começaram a dar errado.

Por algum motivo que só Deus sabia, Davi tentou fazer o carrinho virar. Talvez tivesse visto alguma coisa no meio da descida, talvez tivesse perdido o controle por causa da velocidade que só aumentava, talvez ele estivesse querendo fazer um cavalinho de pau. Vai saber o que é que se passava na cabeça dele. Só que Vicente soube que havia sido um erro quando o pai gritou lá de baixo, e era uma coisa que ninguém quer ouvir de jeito nenhum em uma situação como aquela:

— Meu Deus, vocês vão cair!

E iam mesmo. O carrinho de rolimã subiu no ar e se equilibrou nas rodinhas laterais do mesmo jeito que um bêbado tentando fazer o quatro, até que derrapou e perdeu totalmente o controle da descida. Os meninos literalmente rolaram ladeira abaixo.

Alguma coisa estalou, um som ardido, e não dava para ter certeza do que estava acontecendo porque os cotovelos de Vicente queimavam e ele tinha bastante certeza de que tinha acabado de perder um dedo.

Quando Vicente finalmente parou de rolar pelo asfalto e levantou os olhos, seu Gustavo subia a rua correndo, sem saber se deveria cuidar primeiro do filho ou de Davi. Os passos desajeitados de Vinícius ressoavam pela rua vazia. A cabeça de Vicente parecia que ia estourar.

O pai dos gêmeos parou para socorrer Davi primeiro, um pouco mais lá para baixo e, quando o amigo levantou a cabeça para Vicente, tinha sangue escorrendo não só da boca como do nariz e do joelho. Vicente baixou o olhar e encarou as próprias pernas. Estava sangrando também. Joelhos, cotovelos, a palma da mão direita.

O pior de tudo, no entanto, foi quando olhou para o próprio pé.

Primeiro, o chinelo tinha sumido.

Segundo, parecia que seu dedão havia se transformado em um pirulito de morango. Ele nunca mais pareceria remotamente humano, Vicente tinha certeza.

Estava ardendo muito e, só de olhar, parecia que doía dez vezes mais. Vicente quis chorar, mas Davi estava subindo a rua, mancando, completamente ensanguentado, pelo amor de Deus, e ele não estava chorando. Fazia uma careta de dor, óbvio, mas não havia uma porcaria de uma lágrima no rosto dele.

Naquele momento, Vicente decidiu que não iria chorar também.

O pai estava pálido enquanto os seguia, pálido de verdade, e parecia que não tinha ideia do que fazer com os garotos. Vinícius olhava para os meninos como se de repente uma cabeça extra tivesse brotado no ombro de cada um.

— Vocês tão todos fodidos — comentou ele, do mesmo jeito que alguém diria *isso é incrível*.

— Vinícius, olha a língua! — gritou o pai, ainda apoiando Davi, que estava cobrindo a boca com a mão, o sangue escorrendo por entre os dedos.

— Você perdeu um dente? — perguntou Vicente.

Por favor, que ele não tivesse perdido um dente.

Davi afastou a mão, e o queixo embaixo estava vermelho e cheio de sangue. Ele mostrou os dentes. Todos estavam lá, graças a Deus, mas um dos caninos agora exibia uma lascadinha em um dos cantos.

— Minha mãe vai me matar. — Foi tudo o que ele disse.

Enquanto isso, seu Gustavo chegava até o filho, obrigava-o a se virar, olhava para o dedão horroroso. Nem ele conseguiu esconder a cara de choque.

— Acho que a unha de alguém caiu.

Vicente nem sabia que unhas podiam cair, e a vontade de chorar voltou, voltou com tudo, mas ele fechou a boca e engoliu as lágrimas que queriam vir.

— Acho melhor a gente voltar pra casa, dar uma lavada nesses machucados, né — disse seu Gustavo.

Vicente ficou ainda mais pálido. Lavar o machucado, meu Deus do céu.

— Davi, tá tudo bem mesmo? — perguntou o pai dos meninos. — Quer que eu ligue pro seu pai?

Davi estava com olhos igualmente arregalados, o sangue agora escorrendo pelo pescoço. Escorria até a gola da camiseta, deixando o algodão escuro. O garoto engoliu em seco, trocou um olhar ligeiramente aterrorizado com Vicente e fez que não.

— Eu só preciso de um *Band-aid* — disse.

Seu Gustavo explodiu em uma risada sem graça, porque, afinal de contas, não tinha graça nenhuma. Ele colocou uma mão nas costas de Davi, outra na do filho, e mandou Vinícius subir com os carrinhos de rolimã.

Vicente encarou os próprios braços, todos aqueles ralados e arranhões, e depois espiou Davi. De repente, ficou com uma vontade tremenda de esticar a mão e enroscar o dedo no de Davi, só para dizer que estava tudo bem, que estava feliz que os dentes dele estivessem todos no lugar, ainda que um deles tivesse dado uma lascadinha.

Só que ali, mesmo que bem do outro lado de seu pai, Davi parecia estar a uma quadra inteira de distância, então Vicente enroscou os próprios dedos uns nos outros, murmurou um *tá tudo bem* para si mesmo e subiu a rua sem dizer mais nenhuma palavra.

A água doeu, doeu para caramba, mas todo mundo ganhou sorvete de chocolate depois, e os pais de Vicente deixaram Davi ficar e jogar videogame pelo tempo que quisessem.

O dedão do pé de Vicente estava enrolado em ataduras, havia *Band-aids* colados um por cima do outro no joelho e no cotovelo, mas ele e Davi estavam sentados na cama, com potinhos vazios de sorvete sobre os lençóis, controles melados nas mãos. Que beleza passar o aniversário assim. Quando fizessem a festa, no fim de semana seguinte, como mandava a tradição da família, Vicente não conseguiria nem andar direito.

Só que ele se esqueceu completamente desse detalhe quando Davi deu um pulo no lugar, como se tivesse se lembrado de algo de repente, e enfiou a mão no bolso da bermuda. De lá, puxou um pirulito.

Era de morango, o que Vicente deveria achar horrível, considerando o dedão detonado, mas, por algum motivo, não achou.

— Feliz aniversário — disse Davi, sorrindo com o dente lascado.

Não achou mesmo.

O pirulito estava todo destroçado, era verdade, mas, naquele momento, valia mais que duzentos bolos como o que comeriam mais tarde. Mais que duzentos carrinhos de rolimã.

Porque Davi sabia. Ele sempre sabia.

E quando Vicente pegou o doce, quando um joelho ralado encostou no outro, Vicente prendeu a respiração por um segundo e se perguntou, pela primeira vez de muitas que ainda viriam, se era possível que os olhos e o sorriso de alguém pudessem fazer machucados sararem como se fosse mágica.

E se perguntou também se Davi sabia que tinha esse superpoder.

3
Escritório

Vicente se ajeitou no lugar. O chão era duro e a bunda já tinha começado a doer duas rodadas atrás. Os adultos continuavam falando alto na churrasqueira, o cheiro de pão de alho sugeria que o fogo voltava a queimar mesmo perto da meia-noite.

Pior, Vicente estava começando a ficar com fome, mas levantar daquela mesa era absolutamente impensável. Era capaz de o pregador de roupas ir parar dentro da piscina.

Ele jogou o dado quando chegou sua vez, tirou um mísero três e andou com o pino. Os olhos de todo mundo contaram as casas conforme o movimento, cartas escondidas contra o corpo como se guardassem os segredos do universo. O três não foi o suficiente para que Vicente conseguisse entrar em nenhum cômodo, então seu pino improvisado só ficou lá, parado feito besta no meio do corredor.

Parecia muito com ele, na verdade. Tipo, na vida. Parado feito besta no meio de um corredor, vendo todo mundo encontrar seu próprio lugar.

Davi pegou o dado, mas só conseguiu tirar um e mal saiu de onde estava. Bruna jogou em seguida, mas Vicente não estava muito presente na partida. Prestava atenção nos arredores, na chácara, na sala. Em Davi, ainda que contra sua vontade. A formatura da turma acontecera na semana anterior, mas, pelo jeito como as coisas estavam, poderia muito bem ter sido há décadas. Nem parecia que os dois tinham prestado vestibular só algumas semanas atrás, Davi para engenharia, Vicente para biologia, e... era impossível saber o que aconteceria dali para a frente. Se é que *existiria* um dali para a frente.

— Eu vi! — gritou Davi, de repente, e Vicente quase pulou no lugar.

— Viu o quê? — perguntou Vinícius, já ficando todo vermelho. — Não fiz nada!

— Você tava olhando pras cartas do seu irmão, eu vi. Quê?

Vicente desviou o olhar para as próprias cartas. Lá estava ele, segurando as cartas pateticamente como se fossem folhas murchas, de uma forma que Vinícius tinha uma visão de camarote da sua mão.

Vinícius estreitou os olhos.

— Você não tem como provar que eu olhei.

Davi trocou um olhar com Vicente. Era o tipo de olhar que fazia Vicente querer se encolher e virar uma bolinha. Também era o tipo de olhar que o fazia engolir em seco, imaginar como teria sido se ele não tivesse falado não na noite da pizza, mas nem em um milhão de anos Davi ficaria sabendo.

— Tô falando que você viu as cartas do Vicente — insistiu Davi. — Vai dar pra trás agora?

Todos os olhos se voltaram na direção de Vinícius. Davi poderia muito bem não ter visto nada, e era tudo uma estratégia, mas vai saber.

— Quê? — engasgou Vinícius, todo vermelho. Certeza que tinha roubado. — Eu não... — Ele parou. Respirou fundo. — Tá bom, eu vi. Mas o Vicente parece que tá pensando na morte da bezerra, nem segura as cartas direito.

Vicente se encolheu mais, e o sorriso de Davi se alargou. Caio deu um gritinho, as meninas bateram palmas, Bruna empurrou a cabeça de Vinícius de brincadeira, bagunçando o cabelo dele.

Davi passou a língua pelos lábios, como se estivesse pensando, claramente se divertindo com a situação.

Vicente não estava reparando. Não estava reparando de jeito nenhum.

— Seu castigo vai ser...

Vinícius cruzou os braços, estreitando os olhos. Cutucou Vicente como se a culpa fosse dele por ser tão lerdo.

— Você pensa bem no que vai falar, Davi, porque vai ter volta.

Davi mostrou todos os dentes do sorriso largo.

— Sabe — começou ele —, eu acho que tem um saco de cebola fechadinho lá na geladeira.

Toda a cor do rosto de Vinícius desapareceu.

— Não.

— Achei que era eu que tava dando o castigo aqui?

— Eu vou passar manteiga na sua cara enquanto você dorme, Davi, juro por Deus.

— O seu castigo... — continuou Davi, inabalável. Ele encolheu a perna, apoiando o cotovelo no joelho. — Vai ser morder uma cebola. Só isso.

— Eu odeio cebola, você sabe.

— Claro que eu sei, por isso mesmo.

Vinícius ficou ali imóvel, as bochechas, antes escarlates, agora pálidas. Bruna deu um suspiro e o empurrou.

— Para de ser chato e vai. É só uma mordidinha.

— Eu vou vomitar.

— Você pode vomitar lá fora. Mas vai pagar o castigo.

Detetive na casa do Davi era um jogo cruel.

Como se fosse um último recurso, Vinícius olhou para Vicente. Quase dava pena, coitadinho.

— Vi...

Vicente se afastou um pouco mais do irmão.

— Foi o Davi que deu o castigo, não eu.

— Mas se você falar com ele...

Davi jogou a miniatura do punhal na cara de Vinícius.

— Anda logo, deixa seu irmão quieto aí.

Vinícius ainda encarou os dois por um segundo, parecendo muito que queria estrangulá-los, mas enfiou as cartas na bermuda e se pôs de pé. Quando Raíssa enfiou os dedos na boca e deu um assovio que deixaria qualquer um surdo, Vinícius apontou para o meio das próprias pernas.

— Enfiei as cartas dentro da cueca. Quero ver alguém chegar perto agora.

Raíssa deu um gritinho, pegou a almofada mais próxima e atirou em cima dele.

— Meu Deus, que nojo! Sai daqui!

Vinícius deu uma risadinha, jogou a almofada de volta e foi até a cozinha. Voltou só alguns segundos depois com uma cebola na mão, olhando-a como se fosse uma fralda suja.

Vicente não conseguiu conter o sorrisinho. Era bem-feito, para Vinícius largar mão de ser intrometido.

— Morde! Morde! Morde! — começaram os outros, batendo em ritmo no tampo da mesa.

Davi cutucou Vicente por debaixo da mesa e Vicente entrou na onda também. Até mesmo o pessoal na churrasqueira parou para ver o que estava acontecendo, e Vinícius respirou fundo.

— Se é para o bem de todos e felicidade geral da nação...

E então, com uma mesura exagerada, cravou os dentes na cebola. Com casquinha e tudo.

Deu aflição só de olhar.

Alguém soltou um *ah!* e todo mundo caiu na risada. Vinícius fez uma careta que só por Deus e depois cuspiu os pedaços meio mastigados no chão.

— Vou vomitar — balbuciou ele, e saiu em disparada para o banheiro.

Enquanto isso, Vicente ajeitou-se no lugar e Davi fez o mesmo. Os pés dos dois se encontraram debaixo da mesa outra vez e Vicente prendeu a respiração. Esperou Davi afastar o pé primeiro, ele tinha que afastar, mas nenhum dos dois se mexeu.

Além de fome, agora estava ficando com sede. Aquela sala nunca tinha parecido tão abafada, tão claustrofóbica.

Por que tinha que ser o Davi? De todo mundo, por que ele?

Passaram-se cinco minutos inteiros até Vinícius voltar para o lugar na mesa, com cara de quem tinha mesmo vomitado. Ele limpou a boca molhada no braço e fuzilou Davi com o olhar.

— Vai ter volta.

Davi deu de ombros. Antes de responder, olhou de relance para Vicente:

— É o que a gente vai ver.

Vicente abaixou suas cartas, abaixou o olhar. Abaixaria o próprio corpo até desaparecer, se não fosse dar tão na cara.

— Tá, chega — interrompeu Caio. — Minha vez.

Ele jogou o dado, tirou seis. O pino se moveu pelas casas, entrando no escritório.

— Eu acho — disse ele, encarando as próprias cartas e alisando o bigodinho — que foi a Dona Branca, com o cano, no escritório.

No ano seguinte ao do acidente com o carrinho de rolimã, a classe de Vicente leu na aula de português um livro sobre uma menina que tinha um daqueles cadernos de perguntas, que faziam os colegas preencherem todas as informações possíveis sobre si. A cada página, uma pergunta. No início, eram inofensivas, como nome, cor favorita, comida que mais gostava. O problema era que, conforme você avançava nas páginas, mais pessoais e invasivas as perguntas ficavam. Vicente sabia porque as meninas da turma começaram a aparecer com cadernos idênticos ao da protagonista do livro, e sempre que olhava para o lado, alguém estava com um deles, respondendo e dando risadinhas. E risadinhas só podiam significar perguntas sobre *crushes* e essas coisas.

Um dia, uma delas atravessou a sala toda, segurando um caderninho já meio esgarçado, e veio na direção de Vicente. Em segredo, Vicente queria muito responder às perguntas do caderno de alguém, mas ninguém havia passado um caderninho para ele até aquele momento.

Em segredo, também queria fazer um caderno de perguntas, mas nenhum menino da turma tinha um e ele não queria... *bom*. Não queria que ficassem achando que ele era esquisito nem nada. E imagina só se ele fizesse um e ninguém respondesse? Seria a morte.

Então, quando a menina atravessou a sala toda segurando aquele caderno amarrotado, o coração de Vicente até flutuou dentro do peito. Seu estômago se apertou todo em antecipação. Vicente se esforçou para sorrir para a menina, o que foi patético, porque é claro que a menina nem deu bola. Foi direto para Davi, na carteira de trás.

Vicente ficou parado, fingindo contar os azulejos do chão. Depois do acidente com o carrinho de rolimã, alguma coisa sempre pesava em seu peito quando alguém chegava perto demais de Davi. O ar ficava mais difícil de respirar, os sons se abafavam. Talvez fosse por causa de todos os arranhões que tinham sofrido juntos ou do dente lascado que agora era quase um segredo entre eles, mas alguma coisa estava diferente. Alguma coisa coçava. Incomodava como uma casquinha de machucado que dá muita vontade de arrancar e Vicente ainda não tinha certeza se queria puxá-la de uma vez ou não.

— Davi — chamou a menina, colocando o caderno sobre a carteira dele. Vicente sabia o nome dela, embora nunca tivessem trocado uma única palavra: Taís.

Davi, por sua vez, estava distraído, desenhando alguma coisa na carteira mesmo com a professora falando que não podia fazer essas coisas. Ele estava com um pirulito de morango pendurado na boca, outra coisa que a professora tinha falado que eles não podiam fazer. Quando Taís o chamou, Davi demorou um segundo para erguer o olhar.

— Quer responder meu caderno? — perguntou ela.

Davi afastou os cachos da frente dos olhos. O cabelo já tinha crescido e voltado ao comprimento do ano anterior, e ele tirou o pirulito da boca. Vicente se encolheu na carteira, apertou as pernas contra si e abraçou os próprios joelhos. Engraçado como ele estava com mais medo agora do que quando teve de encarar os pais de Davi e explicar a coisa toda da descida, do cavalinho de pau no carrinho de rolimã, os *Band-aids* e o canino lascado. Naquela hora, tudo o que ele conseguia pensar era que, se não pudesse mais ver Davi, iria morrer com certeza. Com toda a certeza que uma criança de 11 anos consegue ter.

— Por favor — disse Vicente, na ocasião, amassando os dedos, enquanto encarava o pai de Davi dentro do carro. — Não foi culpa dele. A gente não sabia andar direito. Eu não queria que ele se machucasse. O dente... — Ele ficou quente. Muito, muito quente. — Até que ficou bonito assim.

Davi, até então de cabeça baixa no banco do passageiro, encarou Vicente como quem não acredita no que acabou de ouvir.

— Mesmo? — falou Davi.

Vicente sorriu.

— Mesmo.

O pai de Davi ergueu as sobrancelhas, claramente discordando, mas, no fim, sorriu com um suspiro.

— Acho que sua mãe vai ter outra opinião, mas tudo bem.

— Ele pode voltar? — insistiu Vicente. O bolo no estômago doía mais que os machucados. Mais que o dedão destruído.

Davi encarou o pai, tocou de leve o canino lascado.

— Eu quero voltar.

E ele voltou. Algumas semanas depois, porque Davi tinha ficado de castigo para aprender a ser mais cuidadoso, mas voltou. Onde Vicente estava, ele estava também. Na rua, em casa. Na escola, na carteira logo atrás, conversando com Taís. *Infelizmente.*

— Caderno? — repetiu Davi, trazendo os pensamentos de Vicente de volta para a sala de aula.

— De perguntas — explicou Taís, perto demais dele.

Vicente prendeu a respiração. Encarou a garota como se fosse capaz de fazê-la ir embora só com a força do pensamento.

— Todo mundo tá respondendo — insistiu ela.

Davi olhou para Taís, e depois para o caderno. Enfiou o pirulito de volta na boca.

— Pode ser.

O sorriso da garota triplicou de tamanho, e Vicente se encolheu ainda mais. No fundo da sala, algumas outras meninas se acotovelaram, dando risadinhas.

— Legal — disse ela. — Você pode passar pra mais alguém depois, se quiser.

Davi abriu o caderno e olhou a primeira página. Vicente esticou o pescoço de leve, querendo espiar. Ele nunca tinha visto como o caderno era por dentro. A primeira página era uma lista enorme de pessoas que já tinham respondido às perguntas da dona, e tudo que ele mais queria era que esse mesmo tanto de gente respondesse o caderno que ele fizesse, caso tivesse um. Ele não tinha, lógico. Era coisa de menina.

— Tá bom — disse Davi por fim, e Taís se afastou.

O sinal bateu, e a garota e as amigas trocaram cochichos lá do outro lado. Vicente estava tão concentrado em fuzilá-las com os olhos que quase pulou no lugar quando Davi o cutucou no ombro.

— *Hum*? — murmurou ele, o coração na garganta.

Davi tirou o pirulito da boca outra vez e usou o doce para apontar para o caderno. Os lábios dele ficavam brilhando quando fazia isso.

— Quer responder depois de mim?

Vicente achou que seu coração fosse explodir, achou mesmo. Conseguia senti-lo batendo em cada canto de seu corpo, mãos, pés, orelhas. Ele fez que sim, freneticamente, como se fosse uma questão de vida ou morte. A professora colocando lição na lousa lá na frente nem importava mais.

— *Aham* — respondeu Vicente, por fim.

Davi sorriu, dente lascado e tudo, e voltou a atenção para o caderno.

— Vicente — chamou a professora e, pela primeira vez na vida, Vicente não teve vontade de sumir por alguém ter chamado sua atenção. Na verdade, ele nem se importou. — Senta direito.

Ele se sentou, até endireitou as costas. Davi passou a aula toda respondendo o caderno e, quando terminou, entregou-o para Vicente. Do outro lado da sala, Taís murchou de leve.

Só que não importava. Nada disso importava. Quando o sinal da saída bateu, o caderno de perguntas estava enfiado na mochila de Vicente, e ele nunca quis tanto chegar em casa quanto naquele dia.

Vicente não contou para ninguém sobre o caderno de perguntas. À noite, quando já deveria estar dormindo, entrou debaixo das cobertas e puxou o caderninho que tinha deixado escondido embaixo do travesseiro.

Ele e Vinícius dividiam um quarto desde sempre: a cama de Vicente de um lado, a de Vinícius do outro. No meio, a bagunça dos dois se misturava. As meias sujas de Vinícius caíam por cima dos mangás que Vicente gostava de ler, livros se empilhavam sobre um skate todo ralado. Uma televisão pequena e silenciosa iluminava o quarto escuro sobre uma cômoda, cercada por bonequinhos e caixas de jogos vazias. Em um canto, os carrinhos de rolimã agora mais serviam como decoração.

Na própria cama, Vinícius mordia a gola do pijama enquanto apertava os botões do controle tentando não fazer barulho, concentrado demais para dar atenção ao que Vicente estava fazendo.

Muito bem. Vicente acendeu a lanterninha que ele mantinha na gaveta ao lado da cabeceira para ler escondido à noite e iluminou as páginas. O coração ainda estava acelerado, tinha ficado assim o dia inteiro, e a ansiedade era tanta que ele nem jantou direito.

Vicente virou as páginas, devagar, com certa reverência. Diversos nomes o encaravam de volta, um depois do outro, e Davi era o último. O único menino. Ele respondera as perguntas usando lápis, com a ponta grossa. A força da mão dele tinha deixado marcas no papel.

Vicente pegou sua caneta preferida, uma BIC roxa que às vezes falhava, às vezes soltava tinta demais.

Ele nem piscou ao escrever o próprio nome logo abaixo do nome de Davi.

Os olhos percorreram cada pergunta, os lábios sorrindo a cada resposta. A caneta sequer falhou. Como se estivesse preso em um transe, ele respondeu qual era sua cor preferida, o desenho animado favorito, o que fazia nas horas vagas. Quanto às respostas de Davi, ele já sabia todas, sem nem precisar ler. Virou quase um jogo, responder à pergunta mentalmente antes e só depois descer os olhos para a resposta. Vicente sempre estava certo.

Foi aí que veio a pergunta fatídica.

A pergunta que mudaria tudo.

31. Você gosta de alguém?

Vicente prendeu a respiração. O estômago embrulhou.

Quase todas as meninas tinham colocado "sim". Davi tinha colocado "não".

A mão com que Vicente segurava a caneta suava. Ele gostava de alguém? Vicente não sabia. O que era gostar de alguém? Como a gente sabe quando gosta de alguém?

Trêmulo, ele escreveu "não". Então, acrescentou um *"sei"* logo depois.

Não sei.

Quando virou a página, os dedos estavam gelados.

32. De quem?

Que tipo de pergunta era aquela? Quem é que teria coragem de responder?

Ninguém, naturalmente. Todo mundo que tinha respondido "sim" na pergunta anterior escreveu que era segredo. Davi só desenhara uma carinha feliz em sua linha.

Vicente respirou muito fundo, segurando a ponta da caneta roxa contra o papel. Vazou um pouco de tinta. Melecou quando ele fez um D e parou.

D.

Parecia que havia um holofote sobre sua cabeça, que o mundo inteiro iria ver, que o mundo inteiro ficaria sabendo.

"De ninguém", ele escreveu.

De ninguém.

Depois, fechou o caderno para terminar de responder só no dia seguinte.

Vicente devolveu o caderno para Taís com as mãos trêmulas. Ela deu um sorrisinho amarelo e voltou para o lugar que costumava se sentar, do outro lado da sala. Mais meninas se aglomeraram ao redor dela, e risadinhas coletivas esparramaram-se pelas carteiras quando Davi entrou pela porta.

O estômago de Vicente virou um bolo só.

De ninguém. Ele não gostava de ninguém.

Davi fechou a mão em um punho para cumprimentá-lo, e Vicente estendeu um soquinho em resposta, mas tudo parecia se mexer em câmera lenta.

— Você respondeu? — perguntou Davi, sentando-se na carteira logo atrás da de Vicente, apontando para as meninas com o queixo. Vicente assentiu. — Deixa eu ver suas respostas depois?

Meu Deus do céu.

Uma das meninas soltou um gritinho meio alto lá da carteira, e um menino se aproximou feito um furacão, arrancando o caderninho da mão dela.

Vicente não gostava do garoto, era um menino grande e folgado, que se chamava Henrique e que sempre pedia para colocar o nome em trabalhos em grupo e depois não ajudava em nada. Então, para desespero de Vicente, Henrique começou a ler as perguntas e respostas em voz alta. E não eram quaisquer respostas, eram justamente as *respostas de Vicente.* Talvez porque eram as últimas da lista, vai saber. Mesmo assim, Vicente sentiu vontade de vomitar.

— Desenho preferido — leu Henrique em voz alta, dando uma risadinha afetada. — *Meninas Superpoderosas.*

Vicente arregalou os olhos. Ele não sabia onde se enfiar.

— Cor preferida: lilás. Esporte preferido: patinação no gelo.

Vicente descobrira patinação no gelo recentemente por causa de um anime, e era uma visão absolutamente fascinante. Só que talvez ele devesse ter colocado alguma outra coisa, tipo futebol. Ou skate, igual à resposta de Davi, embora Vicente gostasse mesmo de patinação no gelo.

— Filme preferido — continuou Henrique.

Vicente estava olhando muito fixamente para a própria carteira. Ele não queria sair correndo para não dar na cara, só que era muito pior ficar ouvindo, era quase tortura.

— Cinderela? — leu Henrique, aquele ridículo, como se nunca tivesse ouvido o nome na vida. Quem nunca tinha ouvido falar de Cinderela? A mãe de Vicente guardava uma coleção inteira de filmes da Disney em casa, todo em VHS, e ainda pequeno Vicente aprendera a usar as fitas e a rebobiná-las direitinho para não levar bronca depois. E Cinderela era um clássico.

Além disso, ele gostava dos ratinhos. *Adorava* os ratinhos, tinha até pedido um rato de estimação e é claro que sua mãe rira e dissera que não, mas aquela não era a questão. Ele também gostava da carruagem de abóbora. Tinha passado a comer abóbora só por causa do filme, pelo amor de Deus.

Henrique franziu as sobrancelhas, parecendo confuso. Então, começou a folhear as páginas freneticamente até chegar ao início.

— Quem foi que respondeu isso aqui? — perguntou ele, sem parar de voltar as folhas. — Foi você, Carol?

Carol fez cara de desdém.

— Eu? Eu, não.

Vicente já estava até vendo. O menino chegaria na primeira página, veria o nome de Vicente, e aí tudo estaria absolutamente perdido.

Vicente se encolheu mais na carteira, os olhos ameaçando arder, até que a cadeira logo atrás dele arranhou o chão da sala e Davi praticamente saiu voando do lugar.

Davi parecia um foguete. Vicente soube que a desgraça do Henrique lera seu nome porque os olhos dos dois se encontraram por um segundo e Davi puxou o caderno das mãos dele com força.

— Para com isso! — gritou Davi, o rosto vermelho.

Henrique deu um sorrisinho.

— Eu só tava lendo.

— Em voz alta, e não tem graça.

— Ué — retrucou Henrique, alargando o sorriso. — Quem mandou o Vicente responder as perguntas como se fosse uma menin...

Davi empurrou Henrique com força. Alguém gritou. De repente, os dois estavam se estapeando no meio da sala e a pobre da tia do corredor precisou interferir e se enfiar no meio dos dois.

— Eu só tava brincando! — resmungou Henrique, enquanto a briga era apartada.

Ele tinha levado um tapa na cara, a bochecha estava vermelha.

— Não tem graça — cuspiu Davi. — Você é tão ridículo.

— Tá bom, chega! — mandou a inspetora, segurando um por cada braço. — Pro escritório da diretora, agora!

— Mas foi culpa do Vicente! — insistiu Henrique, aos berros.

— Foi nada!

A inspetora revirou os olhos, cansada. Olhou para Vicente.

— Vicente, você se importa de vir junto? Eu vou avisar que você não bateu em ninguém.

A verdade era que Vicente se importava, sim. Ir para a diretoria era seu pior pesadelo, mas era o mínimo que podia fazer depois de tudo.

Por Davi, iria a qualquer lugar.

Assim, ele assentiu e seguiu o grupo até o escritório da diretora.

Ficaram os três alunos sentados lá no banquinho de espera. Henrique em um dos cantos, Davi e Vicente espremidos no outro. Vicente respirou fundo, apertando os olhos para tomar coragem.

De leve, deu um chutinho no tênis de Davi.

— Valeu — disse ele.

Davi sorriu, afastando os cachos da frente dos olhos. Em seguida, enfiou a mão no bolso da bermuda e puxou de lá um pirulito de morango. Davi e seus pirulitos.

— De nada — respondeu Davi, estendendo o doce para Vicente. — Não liga pro que ele falou. Se você quiser fazer um caderno de perguntas, eu respondo.

Vicente pegou o pirulito das mãos de Davi, o corpo todo pinicando quando os dedos dos dois se encostaram por um segundo.

— Mesmo?

— Mesmo.

Davi e o menino levaram uma advertência, e Vicente só levou uma anotação na agenda. Quando chegou em casa e sua mãe perguntou o que tinha acontecido, ele contou. Naquele mesmo dia, depois do jantar, quando Vicente saiu do banho e foi meio murcho para o quarto, havia um caderno novinho em folha sobre a cama.

Você pode gostar do que quiser, um bilhetinho na capa dizia, e Vicente conhecia a letra da mãe o suficiente para saber que fora ela.

Naquela noite, ele preencheu cada página com uma pergunta diferente e, na hora de dormir, o sono não chegava de jeito nenhum.

Você gosta de alguém?

Era a pergunta 42 do seu caderninho.

— Vini? — chamou Vicente, baixinho, olhando para o teto.

— Vai dormir — resmungou Vinícius.

O colchão dele fez barulho quando o irmão se virou.

— Posso fazer uma pergunta? — insistiu Vicente.

— *Eu* tô tentando dormir.

Vicente ficou em silêncio, olhando para o escuro. Um tempo depois, Vinícius deu um suspiro, se virou na cama de novo.

— Que *foi*?

Vicente passou a língua pelos lábios, porque agora não sabia mais se queria fazer a pergunta. Só que ele precisava, porque talvez o irmão soubesse a resposta.

Vinícius sempre parecia saber das coisas, e não tinha mais ninguém para quem ele pudesse... *enfim*.

— Fala logo senão eu vou dormir de verdade — avisou Vinícius.

Vicente continuou olhando para o teto, mesmo que não fizesse diferença se estivesse olhando para qualquer outra coisa, porque era mais fácil assim.

Respirou fundo e tomou coragem.

— Como a gente sabe quando gosta de alguém?

Vicente apertou os olhos e fez uma careta assim que terminou de falar, puxou o lençol até o pescoço, encolhendo-se debaixo dele. Vinícius demorou o infinito inteiro para responder.

— Você tá gostando de alguém, é?

Vicente queria bater nele, queria bater nele de verdade. Queria jogar uma das meias sujas na cara do irmão.

— Eu não *sei*, por isso eu tô te perguntando.

Vinícius demorou para responder outra vez, e não dava para saber se ele estava pensando ou rindo da cara de Vicente. Vicente suspirou, virando-se de frente para a parede, todo encolhido. Ideia burra.

— Esquece, eu só...

— Eu acho que sei lá, se você fica com frio na barriga? — sugeriu Vinícius.

— Frio na barriga?

Vicente repassou mentalmente o episódio no escritório da diretora, como seu corpo todo tinha formigado por causa daquele minúsculo toque de Davi.

— Ou... — continuou Vinícius. O coração de Vicente já estava pulsando até na ponta dos pés. — Se você gosta de passar tempo com essa pessoa?

— *Hum.*

— Ou se você acha a pessoa bonita?

Vicente se encolheu mais sob o lençol, pensando no sorriso de dente lascado do Davi, no jeito como ele ficava com o pirulito de morango na boca, no cabelo que era volumoso demais e...

— Mas, se você gosta mesmo de alguém, acho que ia querer que essa pessoa fosse sua melhor amiga.

Vicente engoliu o bolo de saliva entalado na garganta, e o coração batendo rápido, alto, vibrando nas quatro paredes do quarto.

Você gosta de alguém?

Se você quiser fazer um caderno de perguntas, eu respondo.

Ele tinha certeza de que Vinícius ouviria, mas o irmão só ficou lá quieto, de repente calado, e Vicente achou melhor ficar quieto também, com vergonha demais para perguntar o que se deve fazer se a pessoa de quem você gosta já for seu melhor amigo.

4
Salão de festas

Vinícius ficou com o hálito péssimo por causa da coisa toda da cebola e fazia questão de baforar na cara de Vicente sempre que tinha uma oportunidade. Duas rodadas depois, Vicente estava com seu pino perto da Biblioteca, mas sua bexiga só conseguia pensar no banheiro. Além disso, estava morrendo de sede desde que o jogo começara.

Seu pregadorzinho seria mandado para os cafundós de Judas se ele saísse da mesa, sem dúvida nenhuma, mas não aguentava mais segurar.

Ele também precisava de um tempo. Um tempo sem ter Davi assim tão perto, sem a perna do garoto quase se enroscando na sua, sem o medo de que suas mãos fossem acabar se tocando sem querer e ele começasse a suar feito um porco, deixando claro para todo mundo como Davi mexia com ele.

Bom, menos para Vinícius. Seu irmão já sabia. Vicente desconfiava de que ele sempre soubera, desde aquele dia do caderno de perguntas. Davi foi o único que respondeu, no fim das contas. Era o único que precisava ter respondido.

Vinícius foi sutil, a princípio. O jeito como ele observava Vicente quando os olhos do irmão ficavam em Davi por um segundo a mais que o necessário. Como, sem maiores explicações, Vinícius sempre dava um jeito de deixar os dois um do lado do outro no sofá ou no banco do carro quando iam juntos para algum lugar.

Vicente percebia, mas fingia que não. Não queria pensar no que Vinícius diria se soubesse, até o dia em que não teve alternativa, porque, sem mais nem menos, enquanto os dois jogavam no quarto, Vinícius pausou o videogame, tomou ar e perguntou:

— Você gosta do Davi?

Assim, na cara dura.

Assim, como se não fosse nada de mais.

Vicente congelou, o corpo todo travou feito o computador lento que eles tinham em casa e ele não soube o que responder. Seu cérebro entrou em curto-circuito. Nem encarar o irmão ele conseguia mais.

— Porque não tem problema se você gostar — acrescentou Vinícius.

Muito lentamente, Vicente virou o rosto. Nunca um movimento tão simples tinha requerido tanta força de vontade.

— Quer dizer, tem um pouco — continuou Vinícius, batendo os dedos contra o controle do videogame. — Mas só porque o Davi já vive aqui em casa e, se vocês namorarem, eu não vou mais aguentar olhar pra cara dele. Não porque ele é um menino.

O peito de Vicente subiu e desceu com força em cada respiração. Por fim, ele abaixou os olhos e sacudiu a cabeça.

— A gente não vai namorar.

— Você já contou pra ele?

— *Quê?* — Vicente teve de segurar o berro. O rosto estava tão quente que ia estourar feito pipoca no micro-ondas. — Claro que não!

— Mas ué.

— Não, Vinícius, eu não vou contar. *E você também não.*

Vinícius levantou as mãos em sinal de rendição e Vicente tirou o jogo da pausa. Os dedos ainda tremiam e a televisão parecia fora de foco, mas, quando Vinícius voltou a jogar, a xingá-lo e a resmungar como se nada tivesse acontecido, Vicente relaxou. Alguma coisa se expandiu em seu peito e foi como se alguém tivesse tirado um colar pesado de seu pescoço, um colar que ele mal se lembrava de estar carregando.

Mais tarde, quando os dois estavam prestes a dormir, Vinícius atirou um bonequinho contra Vicente.

— Vi? — chamou ele.

Vicente se encolheu e apertou os olhos.

— Oi.

— Se algum dia alguém te zoar por causa disso — sussurrou o irmão —, você pode vir falar comigo.

Daquela vez, Vicente desejou que o quarto não fosse tão escuro. Daquela vez, desejou poder encarar Vinícius nos olhos.

— Posso?

— Pode. Você é meu irmão, e ninguém zoa o meu irmão.

Vicente sorriu, tinha a impressão de que poderia sair flutuando. Então, pegou o bonequinho caído em suas pernas e o atirou de volta em Vinícius.

— *Você* já me zoa o tempo todo.

— Eu sei — disse Vinícius com um suspiro de quem sabe mesmo das coisas. — Mas eu não conto.

E Vicente não admitiria nem em um milhão de anos, mas que teve vontade de abraçar o gêmeo, teve.

Agora, na partida de *Detetive*? Nem tanto. Depois que Raíssa jogou o dado e mexeu o pino, Vinícius tirou dois, resmungou e se largou no chão. As cartas continuavam em sua cueca, como ele adorava ficar lembrando.

Foi aí que a bexiga de Vicente se retorceu inteira e ele precisou tomar coragem.

— Eu... — começou ele. Todos os olhos se voltaram em sua direção. Eles pareciam um bando de urubus, isso sim. — Preciso ir no banheiro.

Os cinco infelizes sorriram.

— Ninguém tá te impedindo — disse Caio, apontando para o corredor. — O banheiro é todo seu.

Vicente gemeu internamente, apertando os olhos, e em seguida enfiou suas cartas no bolso e se levantou. Ainda lançou um último olhar desolado para o pregador, e então correu para o banheiro.

As risadas e cochichos começaram assim que ele saiu do campo de visão, e Vicente foi xingando o caminho todo no corredor. Continuou xingando enquanto fazia xixi, e depois enquanto corria para a cozinha para buscar uma garrafinha d'água na geladeira, porque não se levantaria outra vez de jeito nenhum.

Estava prestes a fechar a porta da geladeira quando bateu os olhos em um saquinho cheio de pirulitos de morango, do tipo que Davi adorava desde criança. Do tipo que eles desenharam no papelão no lugar do castiçal.

Vicente pegou um e voltou para a sala.

Talvez tivesse feito de propósito, só para que Davi o notasse, e o jeito como seus olhos acompanharam os dedos de Vicente enquanto desembrulhava o palitinho e depois enfiava na boca quase fez valer a pena que seu pregador tivesse sido tirado do lugar em que estava e teletransportado para o meio do nada, onde ele precisaria tirar um seis para entrar no cômodo mais próximo e dar um palpite.

Ele não tirou. Acabou andando só três casas, mas puxou o pirulito devagar da boca, sabendo que os olhos de Davi ainda estavam sobre ele. Costumavam ficar, quando ninguém estava olhando. Ou quando Davi achava que ninguém estava vendo.

— Sua vez, Davi, presta atenção — disse Bruna, cutucando-o.

Davi piscou, soltou uma risadinha um pouco sem graça e jogou o dado. Acabou tirando um, o que Vicente sabia que não era sua culpa, mas queria que tivesse sido um pouquinho — que Davi acabasse atrapalhado por causa dele.

Davi mal se mexeu, naturalmente, e o jogo prosseguiu. Vicente evitou fazer contato visual com o garoto até chegar sua vez, quando finalmente conseguir tirar um seis e, milagrosamente, entrar em algum cômodo.

Ele tirou o pirulito da boca para falar, e estava olhando as próprias cartas e examinando os pinos pelo tabuleiro, pensando em quem acusaria, quando o pirulito em questão foi puxado de seus dedos.

Por um segundo, ele achou que tivesse sido Vinícius. O irmão adorava irritá-lo e era folgado desse jeito, mas, quando levantou os olhos, não era.

Era Davi.

E pior, com uma cara de pau deslavada, Davi enfiou o pirulito na própria boca.

Um silêncio desconfortável pairou sobre a mesa, afinal, todo mundo tinha visto. Não tinha? O que Davi pensava que estava fazendo? Ele não podia... ou podia?

Sem parecer minimamente abalado, Davi tirou o pirulito da boca, segurando-o longe do alcance de Vicente.

— Vai — disse ele, os lábios úmidos de saliva e açúcar.

Vai?

Vai?

Ele não podia estar... Podia?

O corpo todo de Vicente esquentou, como se de repente alguém o tivesse enfiado dentro da churrasqueira. Ele engoliu em seco, respirou fundo e se recusou terminantemente a encarar Davi. Ainda que quisesse se concentrar no jogo, agora era impossível.

— Eu acho que foi o Coronel Mostarda — declarou ele, pegando o pino de Davi e o tirando do lugar. De propósito. — Com o punhal. No salão de festas.

Vicente nunca fora muito bom em escolher roupas sozinho.

— Você não pode ir com essa camiseta velha — disse a mãe quando ele saiu do quarto e foi até a sala. — Eu comprei uma camisa polo nova pra você, Vicente. Tá na última gaveta.

Foi no ano seguinte ao incidente do caderno de perguntas. Vicente e Davi continuaram na mesma sala, agora no oitavo ano, e, infelizmente, Taís também. Não que Vicente não gostasse dela, mas a menina parecia incapaz de ficar longe de Davi e conseguia ser bem irritante de vez em quando.

Pior de tudo, ela estava dando uma festa de aniversário. Vicente não tinha certeza se tinha sido convidado porque Taís queria sua presença ou porque ele sempre andava com Davi para cima e para baixo, então seria meio chato se só convidasse um e não os dois.

— Vicente, *Jesus amado*! — gritou a mãe dele de novo e o garoto achou melhor subir as escadas correndo e trocar de roupa.

A camisa que a mãe comprara era uma polo vinho, e não era o tipo de coisa que Vicente costumava usar, até porque praticamente tudo o que ele usava era o uniforme da escola, mas tudo bem. Quer dizer, talvez Davi fosse reparar na mudança. Reparar *nele*.

Era disso que Vicente se lembraria depois: que tinha se arrumado, esperando que Davi reparasse e, quando voltou para casa mais tarde naquela noite, tudo o que queria fazer era gritar no travesseiro por ter sido tão estúpido.

Vicente ainda estava reforçando o desodorante quando alguém deu uma buzinadinha do lado de fora. Era o pai de Davi. A mãe de Vicente ainda gritou para ele se comportar e ter juízo, mas o garoto já estava correndo para fora de casa, abrindo a porta do carro para se enfiar no banco de trás.

Davi estava no banco da frente, usando uma calça jeans e camisa preta. Vicente esboçou um sorriso para o amigo, sem falar mais nada. Era cada vez mais difícil falar na presença de Davi, porque sempre parecia que, ao menor descuido, ele descobriria. Os pensamentos, as batidas descompassadas de coração.

Vicente morreria se ele descobrisse.

As luzes do prédio da Taís estavam todas acesas quando os dois chegaram. Assim que o carro parou em frente à portaria, Vicente se agarrou mais ao presentinho que trouxera. Era um livro. Sequer tinha sido ele que escolhera, fora sua mãe, e nem sabia que livro era. Não que fizesse alguma diferença.

Vicente e Davi desceram do carro, naturalmente tendo de ouvir de novo para terem juízo, e caminharam lado a lado pelo condomínio até o salão de festas. Tudo o que Vicente conseguia pensar era em como era esquisito que duas pessoas pudessem estar tão perto uma da outra e ainda assim parecer que quilômetros as separavam. Era como naquele dia do carrinho de rolimã.

— Oi! — disse Taís, vindo cumprimentar os dois assim que pisaram dentro do salão. Parecia até que ela estava esperando por eles. *Procurando.*

Taís deu um beijo no rosto de Vicente, depois decidiu dar um na bochecha de Davi também. Colocou a mão no ombro dele e tudo, e Vicente teve a impressão de que aquela mão se demorou ali um pouco mais que o necessário. Definitivamente mais do que tinha ficado no ombro dele. Não que ele estivesse reparando.

Taís pegou os presentes que os dois ainda seguravam e puxou os garotos — Davi, no caso — pelo pulso, arrastando-os para dentro do salão, mostrando a mesa de salgadinhos, o forninho de onde sairiam pizzas, a pista de dança, as mesas em que poderiam ficar. Os parentes dela e o restante dos colegas de sala estavam conversando, rindo com copinhos de refrigerante nas mãos. Tinha até gente cantando desafinado em um aparelho de karaokê.

Assim que Vicente avistou uma mesa vazia com um prato de salgadinhos em cima, praticamente correu até lá, porque talvez ir àquela festa tivesse sido uma ideia meio burra. Um bolo cada vez maior revirava-se no estômago dele, como se alguma coisa terrível estivesse prestes a acontecer, e Vicente tinha a péssima impressão de que Taís não largaria de Davi a festa toda.

Davi ainda foi até a mesa onde Vicente estava sentado e ficou lá parado em pé, os braços apoiados no encosto da cadeira ao lado de Vicente.

— Você vai ficar parado aí? — perguntou Davi, olhando em volta.

Vicente não fazia ideia, mas, secretamente, queria que Davi ficasse ali na mesa também.

— Por enquanto — disse por fim.

Davi respirou fundo. Colocou a mão no ombro de Vicente, deu uma apertadinha e depois desapareceu no meio das pessoas. Vicente ficou lá, na mesa, comendo salgadinho, bebendo refrigerante e se xingando mentalmente.

Ele não deveria ter ido. Deveria ter ficado em casa jogando videogame, e a certeza de que aquilo era mesmo um pesadelo chegou quando todo mundo decidiu cantar parabéns.

Normalmente, se precisasse se esconder ou fingir que gostava de estar no meio de tanta gente, Vicente procurava Vinícius e colava nele. Seu irmão sempre falava demais, sabia rir nos momentos certos e conseguia se interessar por qualquer assunto. Vicente só sorria, assentia, e tudo ficava bem. Agora, porque Vinícius estudava em outra sala e não fora convidado, Vicente não sabia muito bem como se comportar ou para onde ir. Tinha Davi, é claro, e Vicente só estava ali por causa dele. Era muito pior ficar em casa imaginando tudo de horrível que poderia acontecer, e pelo menos ali talvez pudesse... fazer alguma coisa. Mas também tinha o pequeno problema de que estar perto demais de Davi às vezes apertava o peito e fazia o ar parecer rarefeito.

Era sempre assim? Como as pessoas viviam desse jeito? Como elas *funcionavam*?

Por fim, Vicente se acomodou nos fundos, a uma distância segura de Davi e de todo mundo, e foi aí que os colegas começaram a dar risadinhas e a cochichar. Ele só entendeu o que estava acontecendo quando, logo depois da parte do rá-tim-bum e da repetição do nome da Taís, alguém puxou um *"Com quem será?"*.

Vicente nunca tinha gostado do *"Com quem será?"*. Era uma musiquinha ridícula, eles já eram adolescentes e sempre era desconfortável quando alguém puxava, mas ficou especialmente insuportável naquele instante quando, no meio da coisa toda, cantaram o nome de Davi.

Vicente achou que fosse vomitar. Todo o seu sangue escorreu para os dedos dos pés.

Taís deu uma risadinha, a cara completamente vermelha. Pior, Davi sorriu também, aquele dente lascado à mostra, as bochechas coradas. Ele ficava tão bonito daquele jeito.

Vicente prendeu tanto a respiração que o salão ao redor embaçou. Davi levantou os olhos, encarou-o por um instante tão rápido que foi quase como se não tivesse acontecido. No meio de toda a gritaria e risadinhas, Davi e Taís trocaram um olhar também. Um olhar bem mais demorado. No fim, Davi deu uma piscadinha para ela.

Foi nesse momento que, pela primeira vez, alguma coisa trincou dentro do peito de Vicente.

Depois de todo mundo comer bolo e brigadeiro, alguém decidiu brincar de *Verdade ou Desafio* lá fora, no quiosque perto da quadra.

Era exatamente o tipo de brincadeira que Vicente odiava. Ele morria de medo das perguntas que poderiam fazer, nunca tinha sido do tipo que conseguia mentir sem ficar todo vermelho, suar e gaguejar. Davi também não estava com cara de quem queria brincar, mas o pessoal meio que acabou insistindo e arrastando-o, então Vicente foi junto, ainda que só para ficar olhando. Ainda que... ainda que só para ficar por perto. Vicente percebeu que aquilo poderia ser mais um erro para a lista do dia quando, em uma das primeiras vezes em que alguém escolheu desafio na brincadeira, o desafio foi beijar outra pessoa. Claro que foi, parecia que era só daquilo que todo mundo falava na escola. Quem tinha beijado, quem não tinha.

Não que Vicente não *pensasse* no assunto, era impossível olhar para os lábios de Davi e não imaginar certas coisas, mas era só... diferente e confuso, e era o *Davi*.

Uma vez, quando perguntara a Vinícius como era beijar alguém, o irmão tinha simplesmente respondido:

— Molhado.

Mas não podia ser. Não se fosse Davi, porque o corpo todo de Vicente pinicava só com a ideia, o coração flutuava, os pensamentos viravam gelatina. Tinha de ser doce, como todos aqueles pirulitos de morango. Tinha de ser como fogos de artifício explodindo no céu.

O estômago de Vicente se apertou ainda mais e ele olhou em volta, sacudindo a cabeça para espantar os devaneios. Então, reparou que não tinha nenhum adulto vigiando. Não deveria ter algum adulto vigiando a festa?

— Vicente? — chamou Renan, o garoto que fora desafiado a beijar uma amiga de Taís. — Vai lá ficar de olho pra ver se ninguém aparece?

Vicente olhou para Renan, a boca seca.

— *Hum...*

— Vai, larga mão — insistiu o menino. — Você nem tá brincando.

Brincando.

Como se... como se...

Vicente suspirou, apertou o copinho de refrigerante com um pouco mais de força e foi. Contou cada passo. Pensou em sair correndo, pular o muro e fugir.

Quando chegou na porta, lá na frente, e deu uma espiada, não tinha ninguém vindo. Ninguém parecia minimamente preocupado com o fato de que um bando de adolescentes estava aglomerado em um canto dando risadinhas.

Vicente trincou os dentes, olhou de volta para Renan e fez um sinal de joinha meio murcho.

Renan então se inclinou na direção da menina e os lábios dos dois se encontraram. Vicente achou que no máximo seria um selinho, eles estavam em público, pelo amor de Deus, cheio de gente em volta, mas os dois abriram a boca e de repente tinha língua e tudo, e o pessoal não parava de rir e vaiar até que alguém fez um *shhhh* e todo mundo ficou quieto.

O que é que ele estava fazendo ali, meu Deus do céu?

Vicente bebeu todo o resto do refrigerante, parado no lugar, determinado a não levantar os olhos dos próprios pés. Enquanto isso, os colegas continuavam girando a garrafa vazia, rindo e achando graça. Vicente já nem estava mais prestando atenção, estava era contando os minutos para ir embora, para ver se conseguia dar uma desculpa e se enfiar de volta no salão. Era uma brincadeira estúpida e ele queria estar em casa, mas, de repente, a voz de Davi cortou o ar:

— Desafio.

Vicente gelou todo. O copinho de plástico deixou de ser cilíndrico na mão dele.

— Eu desafio você... — começou a menina em frente a Davi, com um sorrisinho que fez o sangue todo de Vicente evaporar — a dar um beijo na Taís.

Os dedos de Vicente que apertavam o copinho ficaram brancos. Começaram a doer. O coração estava pulsando em suas têmporas, escurecendo tudo ao redor.

Davi olhou para Taís, que estava sorrindo como se tivesse ganhado na loteria ou sabe-se lá o quê, e suas bochechas ficaram vermelhas. Bem vermelhas. Porém, o pior de tudo foi que Davi ainda olhou hesitante para Vicente, com aqueles olhos castanhos, com aqueles cílios compridos. Parecia uma pergunta. Quase um pedido de permissão.

Vicente tentou fazer que não, tentou *pensar* que não, como se de alguma forma Davi pudesse ouvir, pudesse ver o que estava estampado na cara dele. Parecia impossível que Davi não estivesse vendo, que ninguém estivesse ouvindo o chão desmoronando. Mas como é que iam ouvir? Corações quebram em silêncio.

E quando Davi suspirou, depois de uma eternidade inteira, depois de sorrisos em halls, de joelhos ralados e cadernos de perguntas, quando ele finalmente quebrou o contato visual, Vicente soube que tinha perdido.

— Vicente, presta atenção e vigia direito — mandou Taís, já se levantando, olhando para Vicente como se ele não servisse para nada e só estivesse lá para atrapalhar. — Tem algum adulto vindo?

O nó na garganta de Vicente estava tão grande que, quando tentou engoli-lo, teve certeza de que ia sufocar.

Davi o encarou outra vez e, por um segundo, Vicente acreditou que ele fosse falar alguma coisa, que fosse dar para trás, que fosse rir e sair dali, mas a única coisa que Davi fez foi acenar com a cabeça. Um sim. Um sim quase inexistente. Um sim que não resistiu ao olhar devastado de Vicente e que, no fim, foi desviado para os próprios tênis.

O peito de Vicente subia e descia muito rápido. Os dentes doíam da força com que a mandíbula estava trancada. Era isso, né?

Era isso. Vai ver seria sempre assim.

Talvez fosse melhor, de qualquer forma, se acostumar com Davi enroscando os dedos em outras mãos, sorrindo para outros rostos. Beijando bocas que nunca seriam a de Vicente, embora Vicente soubesse que daria qualquer coisa para que fosse.

O nariz de Vicente ardeu e ele engoliu tudo. Pensamentos, lembranças, esperanças que nunca deveria ter tido. Ninguém havia contado que gostar de alguém podia ralar tanto por dentro. Que podia arder mais que levar um capote de carrinho de rolimã.

Muito, muito mais.

Vicente nem olhou para o salão de festa direito. Fez o joinha de qualquer jeito antes que alguém percebesse como suas mãos tremiam, como sua respiração travava em seus pulmões.

E, sozinho lá do outro lado, Vicente fingiu que estava prestando atenção em qualquer outra coisa que não fosse o menino de quem ele gostava, o único de quem sempre tinha gostado, beijando outra pessoa.

5
Sala de estar

Davi chupou o pirulito todo sem pressa nenhuma, na maior cara de pau, nossa senhora, e depois ainda pegou a garrafinha de água que Vicente tinha trazido da cozinha e virou quase metade de uma vez. Vicente já estava ficando irritado. Mais do que isso, estava ficando confuso, e era difícil se concentrar no jogo. As anotações não faziam sentido, tudo estava tão bagunçado na folha de papel que agora ele não sabia mais se estava marcando o punhal ou o castiçal como arma do crime. Mal se lembrava do último palpite, de tanto que Davi o distraía só de estar do outro lado da mesa. Vicente não fazia ideia de qual cômodo visitar em seguida.

Foi por isso que, quando Davi bobeou com as próprias anotações, mordendo o palitinho branco do pirulito como se mascasse chiclete, Vicente decidiu espichar os olhos enquanto Caio mexia o próprio pino e todo mundo estava ocupado contando as casas para que o primo não roubasse de jeito nenhum.

Havia um "X" na sala de música, outro no Prof. Black e...

— Nossa, mas eu te peguei no pulo.

Foi Vicente que pulou no lugar, isso sim.

Vinícius estava com um sorriso de tubarão no rosto, batendo as cartas preguiçosamente contra o tampo da mesa.

— Quê? — falou Vicente, mas já estava todo quente. Um pimentão, certeza.

— Como assim, *quê*? Você tava olhando pras anotações do Davi.

— Tava nada.

— Você é um péssimo mentiroso, Vicente, tá parecendo um camarão frito aí.

Agora todo mundo estava olhando para Vicente, e nem em um milhão de anos o irmão deixaria passar, principalmente porque tinha sido acusado da mesma coisa só algumas rodadas atrás e fora obrigado a morder a porcaria de uma cebola.

Do outro lado da mesinha, em vez de se sentir atacado por ter sido o alvo de espionagem, Davi parecia estar é achando graça, com um sorrisinho estúpido no rosto. Vicente queria arrancar aquele palitinho branco do meio dos dentes dele, mas respirou fundo e cruzou os braços.

— Tá bom — aceitou. — O que é que eu tenho que fazer?

Vicente também aproveitou para bater o joelho no do irmão, em uma promessa silenciosa de que, se Vinícius tentasse fazer qualquer gracinha, teria volta em casa.

Vinícius teve a coragem de olhar para Davi, depois para Vicente. Ainda teve a audácia de alargar o sorrisinho.

— O seu castigo vai ser ir lá fora — começou ele, apontando para as janelas gigantes de vidro. — Lá perto do portão, do outro lado do laguinho. Sem luz. E... — Ele pareceu raciocinar por um instante, a vermelhidão toda de Vicente já estava indo para o espaço, porque ele odiava o escuro. Ainda mais no meio do mato. O sítio era enorme, vai saber o que estava escondido no meio de todas aquelas árvores. — E trazer um punhadinho de ração de peixe, só pra gente ter certeza de que você foi de verdade.

O sítio dos tios de Davi ficava em uma colina. A casa era grande, a piscina, a churrasqueira e a quadra de areia ficavam próximas, e era ali que todo mundo passava a maior parte do tempo. Mas lá embaixo, perto do portão de entrada, havia um laguinho onde os tios de Davi criavam carpas. O lugar todo era cercado por floresta, e quando ventava, os galhos e as folhas se mexendo pareciam chuva.

O problema era que, para chegar até o laguinho, você precisava descer um barranco, andar no escuro, porque a iluminação longe da casa era inexistente, e, embora tecnicamente Vicente ainda fosse estar dentro da propriedade, era só uma cerquinha miserável que separava o sítio da mata fechada. Outro dia uma vaca tinha entrado e tudo, ninguém soube de onde ela apareceu. Se ele trombasse com uma vaca, no escuro, não ia ter *Detetive* que fizesse Vicente ficar lá fora.

Ele engoliu em seco.

— Você vai mesmo me fazer descer até o laguinho no escuro?

— O Davi me fez morder uma *cebola*.

Davi abriu um sorriso de quem não sentia nem um pingo de culpa.

Vicente espiou o mato lá fora. De repente, a noite não parecia mais tão quente assim, as árvores mais altas balançavam com o vento. Parecia que iriam tombar. Ele apertou os olhos, guardou as cartas no bolso do shorts e se levantou.

Ia fazer Vinícius comer aquela ração de peixe, ia mesmo.

Vicente já estava abrindo a porta de vidro, xingando o irmão mentalmente de todos os palavrões que conhecia, quando a mesinha rangeu na sala, raspando os pés no chão. Quando ele se virou, já antecipando algum desastre, Davi estava de pé.

— Eu vou com você — disse ele, alisando a camiseta e ainda mordendo aquele palitinho ridículo. Então, hesitou por um instante. — Se você não se importar?

Vicente olhou de imediato para Vinícius, mas o irmão deu de ombros. Depois, deu uma piscadinha sem vergonha, e Vicente teve uma vontade louca de chutar o chinelo na cara dele.

— Não precisa — rebateu Vicente, segurando-se na porta. Seu coração já tinha começado a acelerar, o infeliz. — O castigo é meu.

— O Vini disse que eu posso te acompanhar. Só, sabe, pra você não se perder lá embaixo nem nada.

Ele ia matar o Vinícius, isso sim.

— Eu não vou me perder.

— Ou caso você seja atacado por vacas assassinas.

Vicente estreitou os olhos.

— Pra sua informação, eu só gritei quando vi a vaca daquela vez porque fui pego desprevenido.

Todo mundo tinha sido pego desprevenido, quem não seria quando a cabeça de uma vaca simplesmente aparece na janela? Fora uns meses atrás, nas férias de julho, e a família inteira de Davi estava empacotada na sala, com a lareira acesa, rindo e bebendo.

Vicente estava sentado no sofá, assistindo a vídeos no celular debaixo de cobertores, quando de repente um vulto passou na janela.

Ele puxou os fones do ouvido na mesma hora, os olhos arregalados. Podia ser um ladrão, ou sequestrador ou qualquer coisa assim, e ninguém ia ouvi-los gritar, porque o sítio ficava na porcaria do meio do nada.

Vicente não conseguia nem piscar. Na hora, se inclinou para cutucar Davi, que também estava mexendo no celular, mas o vulto foi mais rápido. Uma cabeça gigantesca apareceu na janela, abrindo a frestinha que fora deixada aberta só para o ar circular.

E então, ela mugiu.

Vicente nunca tinha ouvido uma vaca mugir antes, não assim de perto, e era tão alto e foi tão de repente, que ele soltou um berro.

Um grito desafinado que fez todo mundo pular no lugar e que virou uma piadinha permanente no sítio, como Davi fazia questão de lembrar agora.

— E eu também sei onde meu tio guarda a ração das carpas — continuou Davi —, mas, se você quiser ficar duas horas procurando sozinho, lá embaixo, no escuro, não sou eu que vou impedir. Você sabe que às vezes a gente escuta uivos por aqui também.

Filho da mãe.

— Tá bom — concordou Vicente. Mas só porque Davi sabia da ração. — A gente vai e volta rápido. Anda logo.

Vicente saiu, sem nem virar para trás e checar se Davi estava vindo de verdade. Não tinha certeza se queria olhar. Os passos pesados de Davi, no entanto, o jeito como os pés dele batiam contra o chinelo, deixaram claro que ele seguia Vicente sim.

O sítio era familiar durante o dia. Vicente conhecia de cor os fundos, onde as roupas ficavam estendidas, o contorno da quadra de areia, as saídas de água quente na piscina que ele sempre roubava para si quando a temperatura caía e todo mundo ainda assim queria nadar.

De noite, a história era outra.

A casa era bem iluminada, mas o resto da propriedade, não. Era quase impossível enxergar o portão quando a escuridão caía, os tios de Davi nunca tinham se dado o trabalho de instalar postes muito longe da casa, porque ninguém saía durante a noite. Nem a casinha de ração das carpas era iluminada por fora.

O céu brilhava estrelado, como se alguém o tivesse furado com pequenos alfinetes para deixar o ar escapar, mas a lua não estava em lugar algum. Por causa do calor, sapos e grilos faziam barulho, as folhas das árvores chiavam umas contra as outras devido ao vento. Ainda assim, era o movimento do corpo de Davi andando, das pernas e dos pés, da respiração e do palitinho mordido, que ensurdeceria Vicente a qualquer momento.

— É melhor ir pelo canto — disse Davi, apontando, assim que emparelhou com Vicente. Por que Davi não ficava quieto? — Tem menos mato.

Bom, como Davi preferisse. Vicente acelerou o passo sem abrir a boca, entrando cada vez mais no breu, obrigando Davi a quase trotar para segui-lo.

— Vi — chamou Davi, dando uma corridinha, ficando ao lado de Vicente outra vez. — Tá tudo bem?

Vicente queria rir, Nossa Senhora.

Tudo bem?

Tudo bem?

— Tá tudo ótimo — disse Vicente. — Maravilhoso. Eu tô no meio do mato, no escuro, indo atrás da porcaria de um punhado de ração de peixe, podendo ser potencialmente atacado por uma vaca assassina, quem sabe um lobo. Tá tudo *lindo*.

Davi deu uma risadinha.

— Não tem lobo no Brasil.

— É? Diz isso pro menino que ficou se borrando depois de assistir um filme de lobisomem.

Davi abriu a boca em indignação.

— Eu era *criança*.

— Você tinha 13 anos, Davi, nem vem.

— E lobo e lobisomem não são a mesma coisa.

— No que você quiser acreditar pra se sentir melhor.

Davi deu um peteleco na orelha de Vicente, que se encolheu e tentou revidar, mas acabou acertando só ar. Davi abriu aquele sorriso enorme, os olhos pequenininhos, e, assim, Vicente quase conseguia se esquecer de tudo. Deles, do que essa última ida ao sítio poderia significar. Ele sabia que devia fazer alguma coisa, *dizer* alguma coisa, atar as pontas soltas que tinham ficado entre os dois, mas era só... por que era tão difícil? Por que sempre parecia que havia alguma coisa entalada em sua garganta?

Ali ao lado, Davi suspirou.

— Eu me senti melhor, sabia? — comentou ele, com a voz baixa. — Naquele dia. Quando você segurou a minha mão.

O sangue rugiu nos ouvidos de Vicente. Ele não ousou levantar os olhos.

— É. — Foi tudo o que ele disse, aumentando o passo. Vicente não seria um experimento. Enquanto Davi não falasse, não falasse *de verdade*...

Davi esfregou o rosto. Que se esfregasse inteiro.

— Tá tudo bem mesmo? — insistiu ele.

Vicente descolou a camisa do peito, levantando o olhar para o céu.

— Tá bem escuro aqui, né?

— Vi, caramba — disse Davi. E, para o desespero de Vicente, tocou-o no braço. — Não é disso que eu tô falando, e você sabe.

O toque dele parecia fogo, consumindo todas as terminações nervosas de Vicente do mesmo jeito que um incêndio florestal. Uma fagulha e de repente tudo estava em chamas. Vicente todo.

— Não sei se eu sei — disse Vicente, sem parar de andar.

Se não parasse, não precisaria encarar Davi.

— Claro que sabe, você não olha direito na minha cara desde a formatura, e eu não sei... ainda é por causa do dia da pizza? A gente precisa conversar.

Vicente não iria parar, ele já conseguia ver o reflexo das estrelas no laguinho.

— A gente não vai conversar no meio do mato, Davi.

Davi até tirou o palitinho da boca. Atirou-o longe.

— Você não devia jogar lix...

— Quando é que a gente vai conversar, então? Você é meu melhor amigo e...

A voz dele morreu ali.

Vicente trincou os dentes. Se Davi soubesse o que aquelas palavras faziam com ele, se soubesse como machucavam, se soubesse como *amigo* pode ser a pior palavra do mundo quando tudo o que Vicente queria era poder ser mais e...

— Eu só tô meio estressado com o vestibular — desconversou Vicente. — Você também deve estar.

Davi não estava engolindo nenhuma palavra, estava estampado na cara dele.

— Eu sei que não é só isso. Você também sabe.

Vicente apertou ainda mais o passo.

— Será que a gente pode só pegar a ração e voltar lá pra cima?

Davi ainda o encarou por um instante, o rosto indecifrável sob a luz das estrelas, e então suspirou, assentindo.

— Fica ali na casinha de ferramentas.

Os dois deram a volta no laguinho em silêncio e Vicente quase tropeçou em uma pedra. Também quase teve um ataque cardíaco quando um peixe passou perto demais da superfície do laguinho e espirrou água nos dois.

Quando chegaram na casinha, Vicente deixou Davi abrir a porta. Era um lugar minúsculo, onde ficavam as coisas para manutenção do lago, ferramentas de jardinagem, cloro da piscina, limpador de sujeira e todo esse tipo de tralha.

Vicente esperou do lado de fora, esfregou o rosto, lançou um olhar desolado para a casa iluminada lá em cima.

— Aqui — disse Davi, estendendo a mão. — A ração.

Vicente abriu as mãos.

Em vez de Davi simplesmente passar o punhado de ração e ficar por isso mesmo, ele fez o favor de amparar a mão de Vicente, segurá-la no lugar feito uma conchinha. Ainda era quente como Vicente se lembrava. Como tentava com tanta força não se lembrar.

— Eu tava pensando... — começou Davi, em um sussurro. A ração caía devagar, quase em câmera lenta. Chegava a ser uma piada sem graça como a mão de um ainda se encaixava na do outro. — Como vai ser esquisito não estudar mais com você ano que vem. Não... passar mais o dia com você.

A respiração de Vicente estava rasa. A garganta doeu quando engoliu em seco.

— Talvez a gente passe na mesma faculdade — disse Vicente.

Só que era só por falar. Na verdade, preferia que não passassem. Preferia... preferia acabar com aquilo de uma vez por todas, porque, quer dizer, tortura tem limite.

— É — concordou Davi. O restinho de ração terminou de cair. Finalmente. — Talvez. Mas, Vi, eu andei pensando e eu queria...

Davi ainda olhava para as mãos dos dois quando cortou a própria frase na metade, e Vicente não ousou se mexer.

Ele queria o *quê*, meu Deus do céu.

— Davi — sussurrou Vicente. O nome era sempre sussurrado, uma prece que ele fazia em segredo.

O polegar de Davi subiu de leve pelas costas da mão de Vicente, quase suave demais para ser real, e Vicente se perguntou se era assim que fósforos pegavam fogo. Se um toque tão pequeno podia fazer duas pessoas entrarem em combustão.

Davi levantou os olhos. Havia alguma coisa diferente neles, desde a pizza, desde a formatura, desde a prova de recuperação. Moviam-se pelo rosto de Vicente como se procurassem o X em um mapa todo desbotado.

Se ele falasse...

Se dissesse...

Devagar, os olhos de Davi desceram. Pousaram na boca de Vicente por um segundo e...

— ANDA LOGO, VOCÊS DOIS! — gritou uma voz lá de cima. — A GENTE PRECISA TERMINAR ESSE JOGO!

Uma luz muito forte se acendeu em algum lugar, deixando Vicente cego por um instante.

Davi respirou fundo, soltou a mão de Vicente e correu os dedos pelos cabelos. Um suspiro escapou de seus lábios, enquanto tudo em que Vicente conseguia pensar era no que Davi não tinha terminado de dizer.

— É melhor a gente voltar.

Vicente olhou para a ração que tinha nas mãos, morrendo de vontade de atirar cada grão longe, junto com o palitinho, mesmo que fosse ecologicamente incorreto. Ainda com o corpo pulsando como se tivesse sido ligado na tomada, ele fechou os dedos e voltou o caminho todo em silêncio, Davi dois passos na sua frente.

Quando entrou na sala, bateu a ração com força na mesinha na frente do irmão.

— Bom apetite — disse, sentando-se no lugar.

A essa altura, só queria que o jogo acabasse.

Queria que essa noite acabasse.

Ele e Davi, de uma vez por todas, fosse como fosse.

Vinícius o encarou, depois olhou para Davi, que estava encolhido, abraçando os próprios joelhos. Vicente lançou o olhar mais assassino de que era capaz ao irmão, e Vinícius até levantou as mãos em rendição. Vicente fechou os olhos e se largou no chão com o braço cobrindo o rosto, sem dar a mínima se alguém levaria seu pregador até a China ou não. Daquela posição, ouviu Caio enfim dar o palpite:

— Eu acho que foi a Dona Branca, com o revólver, na... — Ele fez uma pausa, analisando sua folha de papel — sala de estar.

Foi nas férias de julho daquele ano fatídico do beijo de Davi com Taís que Vicente visitou o sítio dos tios de Davi pela primeira vez. Eles tinham 13 anos. Foi nessa viagem também que ele conheceu Caio, Bruna e Raíssa, em uma semana absolutamente maravilhosa sem a encheção de saco do Vinícius, que estava de castigo por ter ficado com nota baixa em português. Era quase um sonho.

A única coisa que deixava Vicente um pouco desconfortável — além de ter Davi vinte e quatro horas por dia perto dele, claro — era o fato de que o sítio era muito escuro, não possuía poste de iluminação nenhum do lado de fora e o barulho de bichos do meio do mato era constante, entrando pelas frestas das portas e janelas.

— É sapo — informou Davi quando Vicente perguntou, no primeiro dia, assim que anoiteceu. — E às vezes tem uns... uivos.

— Uivos?

— Meu tio fala que tem lobo aqui. Mas eu nunca vi nenhum — acrescentou ele, talvez pela expressão de terror na cara de Vicente, talvez porque ele mesmo estivesse ligeiramente assustado. — É tudo cercado. E deve ser só cachorro. Você sabe como meu tio é.

Vicente sabia. O pai de Caio era o mais zoeira de todos, adorava fazer gracinha.

Mesmo assim... Claro que ele conseguiria dormir agora, *aham*, com certeza.

Os cinco — Vicente, Davi e os três primos do garoto — dividiam o mesmo quarto grande. As meninas ficaram com as duas camas de solteiro, uma encostada em cada canto, enquanto os meninos se espremiam em três colchões largados no chão. No frio, o arranjo mais parecia um emaranhado de cobertores e edredons. Naquela noite, porém, mesmo quentinho debaixo das cobertas, quando as luzes se apagaram e não dava para sequer enxergar a própria mão na frente do rosto, tudo que Vicente conseguia pensar era nos uivos que poderiam ecoar lá fora a qualquer instante.

Não ajudava que os ruídos na mata não cessavam, e ele se cobriu até a cabeça, encolhendo-se debaixo das cobertas, em uma tentativa inútil de abafar o mundo fora de sua cama. Demorou uma eternidade inteira para finalmente adormecer, e parecia que mal tinha pregado os olhos quando uma das primas de Davi acordou e desceu da cama, pisando em suas pernas e quase caindo em cima de Vicente.

Ela deu um gritinho e foi o suficiente para todo mundo acordar. Depois disso, Vicente não conseguiu mais voltar a dormir.

Isso se repetiu nos três dias seguintes. Não a parte em que a prima de Davi pisava na perna de Vicente, mas o fato de que não conseguia dormir direito por causa da escuridão e daquele silêncio que era tão diferente da cidade. Só quando os outros dormiam primeiro e começavam a respirar fundo, a roncar de leve, lembrando Vinícius, é que Vicente se sentia um pouco mais seguro, e por fim caía no sono também.

No entanto, o que Vicente se lembrava mesmo daquela semana era do dia em que choveu. Uma garoinha chata e fria, que tornava impossível fazer qualquer coisa do lado de fora. Por isso, os cinco estavam brincando de esconde-esconde pela casa e, de repente, Caio apareceu com uma caixinha de DVD nas mãos.

— Olha o que eu achei na biblioteca — disse ele.

A biblioteca não era exatamente uma biblioteca, estava mais para um escritório que o tio de Davi usava para trabalhar, mas duas paredes eram cobertas por estantes altas cheias de livros e o nome acabou ficando.

Caio levantou a caixinha. Mesmo de longe, já dava para ver que era um filme de terror, e o estômago de Vicente afundou.

— Acho que é de lobisomem. — Caio fez o favor de acrescentar. E, para desespero de Vicente, deu um sorriso. — A gente podia assistir hoje à noite, antes de dormir — continuou ele com os olhos brilhando.

Raíssa e Bruna concordaram animadas. Vicente queria muito balançar a cabeça e dizer que não, mas não queria ser o banana do grupo. Largado no sofá, Davi sequer se mexia. Ele lançou um olhar para o mato lá fora, e Vicente o viu engolir em seco. Viu que Davi nem piscava direito.

Vicente pigarreou.

— Tem certeza? — perguntou.

Caio sacudiu a caixinha do filme.

— Por quê, tá com medinho?

Na verdade sim, mas nem era por causa dele próprio. Era porque Davi parecia estar com medo também e aquilo era absolutamente sem precedentes. Davi nunca tinha medo de nada.

— Não, é só...

— A gente assiste — interrompeu Davi, respirando fundo, aprumando a postura na cadeira. — Deve ser só um filme tosco.

Bom, que bela porcaria.

Mais tarde naquela noite, os cinco se espremeram no sofá grande da sala, enfiando-se debaixo dos cobertores. Até estouraram pipoca de micro-ondas enquanto os adultos conversavam perto da churrasqueira. Os baldes iam passando de mão em mão, até que de repente todo mundo estava concentrado demais no filme para comer e um dos baldes acabou estacionado no colo de Vicente. Foi ótimo, porque ele adorava pipoca, e mastigar alto ajudava-o a se distrair um pouco do que estava acontecendo na TV.

De vez em quando, lançava um olhar rápido para Davi, só para ter certeza de que estava tudo bem. Davi não desgrudava os olhos da tela, mas era difícil saber se era porque estava interessado ou porque não queria que ninguém risse da cara dele mais tarde, caso tapasse o rosto e fosse pego no flagra.

Não que o filme fosse muito assustador. Era antigo e os efeitos especiais eram ultrapassados. Vicente já estava mais tranquilo, achando que não seria tão ruim, quando a cena em que o protagonista do filme se transforma em um lobisomem começou.

O que estava acontecendo na tela era absolutamente horrível. Os efeitos especiais continuavam péssimos, mas ao mesmo tempo Vicente não fazia ideia de como tinham filmado aquilo, e... e só como era *feio*, como o homem na TV gritava e coisas estalavam e...

Meu Deus, ele nunca mais conseguiria dormir.

Vicente se forçou a piscar, a mão parada em meio à pipoca já fria, e, quando desviou os olhos para Davi, bem ali ao seu lado, o outro garoto continuava vidrado. Ele nem piscava, em um misto de fascinação e medo. Sem dizer uma palavra, sem sequer tirar os olhos da TV, a mão de Davi foi parar dentro do pote de pipoca também. Vicente imaginou que ele fosse pegar um punhadinho e enfiar na boca, mas, em vez de se fecharem em torno dos grãos de pipoca, os dedos de Davi se enroscaram nos de Vicente.

E continuaram lá.

Vicente prendeu a respiração, o coração batendo mais alto que o volume do filme na TV. Nem parecia que era só um toque. Parecia que Davi tinha acendido seu corpo inteiro, como se tivesse apertado um interruptor. Como se pudesse ligá-lo e desligá-lo a qualquer momento.

Na sala escura, iluminada pela luz azulada do filme antigo, enroscados em um oceano de pipoca, os dedos ficaram exatamente onde estavam. E, se alguém olhasse para Vicente naquele momento, sentado encolhido enquanto coisas horrorosas enchiam a tela, seria difícil entender por que diabo havia um sorriso tímido tão maldisfarçado em seu rosto.

Ninguém ficou muito confortável depois do filme, é claro, principalmente quando chegou a hora de dormir. Quer dizer, nenhum deles era mais criança, mas o filme fora mais assustador do que tinham imaginado. Principalmente aquela cena. A da transformação.

O quarto mergulhou no breu assim que as luzes foram apagadas. Corpos encolhidos se reviravam debaixo de cobertores, e os barulhos lá de fora, fossem sapos ou qualquer outra coisa, pareciam inexplicavelmente mais altos. Os latidos de qualquer cachorro ao longe se transformavam em uivos de lobisomem.

Que ideia mais ridícula assistir àquele filme em uma casa no meio do mato, e antes de dormir, ainda por cima.

Vicente se encolheu embaixo do cobertor, como tinha feito todas as noites, mas daquela vez, por mais que tentasse mudar de posição e apertar os olhos, o sono não vinha. Nem quando os outros finalmente começaram a respirar mais fundo e mais pesado, nem quando o próprio Vicente já estava quase ficando com dor de cabeça de tanto tentar dormir.

Na verdade, o problema não era nem o filme, se fosse para ser sincero. Vicente nem se lembrava direito do que acontecera depois da cena da transformação, depois que os dedos de Davi tinham se enroscado nos dele dentro daquele baldinho de pipoca e ficado ali até o filme acabar.

Esse era o problema.

Vicente estava agitado, com a cabeça a mil por hora, e não ajudava que Davi estivesse debaixo das cobertas, revirando-se bem ali do lado dele.

Vicente apertou os olhos com força, puxou o cobertor até tapar a cabeça e deu soquinhos na própria testa. Ele precisava dormir, meu Deus do céu. Se enrolasse mais, acabaria ficando com fome, com sede, com vontade de fazer xixi. E nem em um milhão de anos ele sairia no escuro para ir na cozinha ou no banheiro.

Ele se encolheu mais e estava contando até o infinito quando um uivo soou lá fora. Um uivo de verdade, e foi como se alguém tivesse enfiado uma pedrinha de gelo no colarinho da camiseta dele e o gelo tivesse descido até a base de sua coluna.

Ao lado de Vicente, do colchão de Davi, veio uma respiração pesada.

Ele não podia estar acordado ainda. Podia? Devia ser o meio da madrugada, *todo mundo* estava dormindo.

Vicente não se virou.

— Vi? — chamou a voz de Davi em um sussurro.

Vicente apertou mais os olhos. Ele ia fingir que estava dormindo, já estava fingindo, já estava até dormindo, na verdade. 254, 255, 256...

— Vi, tá acordado?

Não, de jeito nenhum.

Mais um cachorro — tinha que ser um cachorro, é claro que era um cachorro — juntou-se ao coro de uivos e o corpo de Davi fez barulho quando ele se revirou no colchão. Ou se encolheu. Ou se levantou.

Vicente não queria olhar para saber, ele não estava nem um pouco curioso.

Ele não ia, não ia mesmo, ficaria bem quietinho onde estava, mas então Davi deu um cutucão nas suas costas.

Que porcaria. Que bela porcaria.

— Que foi? — resmungou Vicente, sem se virar. — Tô dormindo.

— Tá nada, você tá falando.

— Eu tava dormindo antes.

— Vicente. — O nome dele entredentes. — Vira aqui.

— Não.

— Por favor.

— Vai dormir, Davi.

— Eu não consigo, eu... — Os dedos dele agarraram o pijama de Vicente e deram uma sacudida. — Eu acho que tô com... medo.

Medo saiu em um sussurro tão baixo que Vicente pensou que tinha só imaginado a palavra, como se nem mesmo Davi entendesse como aquilo poderia ser possível. Quer dizer, ele era o tipo de menino que descia ladeiras assassinas em carrinhos de rolimã, que se ralava todo e não chorava. Ele batera em um menino muito maior que ele por causa de um caderno de perguntas. Beijara a Taís na frente de todo mundo, só por causa de um jogo ridículo de verdade ou desafio, o que fazia Vicente querer vomitar só de lembrar.

E agora ele estava com medo?

Muito devagar, Vicente se virou. De tanto ficar acordado no escuro, seus olhos já tinham se acostumado à falta de luz e, assim que se aproximou da beirada do colchão, deu de cara com Davi na penumbra. O garoto o encarava deitado ainda no lugar, encolhido debaixo das cobertas. Parecendo uma bolinha.

— Não gosto de lobisomens — explicou Davi.

Vicente se segurou para não dar uma risadinha.

— Eu também não.

— E foi bem feio no filme.

— É. Foi.

— Apesar do resto ter sido meio tosco.

— Aham.

— Vi.

— Oi.

Davi se remexeu outra vez e ajeitou a cabeça no travesseiro. Com muita força, Vicente conseguia distinguir a silhueta dele no escuro.

— Posso segurar sua mão?

Vicente prendeu a respiração por um segundo, depois inspirou com tanta força que não se surpreenderia se acabasse com o ar do quarto inteiro. Do mundo todo.

— Segurar a minha mão?

Davi se mexeu outra vez, encolhendo-se mais.

— Pra eu conseguir dormir.

O estômago de Vicente deu um nó, o coração acelerou para uns duzentos por hora. A boca ficou seca e ele não soube o que dizer, até que Davi respirou fundo e cortou o silêncio por ele.

— Deixa pra lá, não prec...

Vicente esticou o braço, o coração ainda na boca, e segurou a mão de Davi. O universo todo parecia reduzido àquele toque. Aos dedos frios de Davi se enroscando nos seus, à palma de um encaixada na palma do outro, como quando alguém coloca duas peças de um quebra-cabeça juntas e elas clicam no lugar como um passe de mágica.

Davi engoliu em seco, Vicente conseguiu ouvir, e um suspiro escapou de seus lábios.

— Obrigado — disse ele, ajeitando os dedos. — Sua mão é quentinha.

Vicente piscou algumas vezes, subiu e desceu o polegar pelas costas da mão de Davi.

Uma vez.

Uma vez só.

— De nada — respondeu Vicente.

Davi fechou os olhos. Aos poucos, a força com que ele segurava a mão de Vicente diminuiu, a respiração ficou mais profunda e regular.

No escuro, ninguém viu o sorriso que ficou estampado no rosto de Vicente aquela noite toda. No silêncio, ninguém o ouviu se perguntar se era possível se apaixonar por uma pessoa só pela forma como ela segurava sua mão.

6
Sala de jantar

Prestar atenção no jogo ficava cada vez mais difícil.

Vicente teve a impressão de que Vinícius tinha espiado suas anotações, mas não conseguiu confirmar. Lá na cozinha, perto da churrasqueira, os tios de Davi apagaram o fogo e desligaram a música.

Um pouco depois, a mãe de Raíssa e Bruna apareceu na sala, sandálias nas mãos. Ela tinha o cabelo e os olhos escuros, mais parecidos com os de Bruna, e os olhava como se não conseguisse entender como ainda podiam estar acordados e com energia àquela hora.

— Vocês vão ficar aí? — perguntou, esfregando os olhos. Era mais de uma da manhã e ela estava claramente exausta.

— Só até terminar o jogo — respondeu Davi.

Ela colocou as mãos na cintura, estreitou os olhos e avaliou cada um individualmente.

— Só não façam bagunça, por favor. E apaguem as luzes antes de ir deitar.

Davi deu uma piscadinha.

— Sim, senhora.

Ela ainda os encarou por um momento antes de suspirar e desaparecer no corredor que dava para os quartos.

Raíssa jogou o dado e andou com o pino. Ao lado de Vicente, Vinícius espichou o pescoço para o corredor, revirando-se como se procurasse por alguma coisa.

— O que é que você tá fazendo? — perguntou Vicente, e o irmão abriu um sorrisinho.

Vicente odiava quando ele abria sorrisinhos. Era sempre um péssimo sinal.

— Você acha que eles já se enfiaram no quarto?

— Por quê?

Vinícius se levantou. Ele não parecia minimamente preocupado em deixar seu pino exposto daquele jeito. Ele não parecia nem mais estar ligando para o jogo, para falar a verdade.

— Aonde você vai? — perguntou Vicente, entredentes.

Vinícius se virou, colocando o indicador sobre os lábios.

— *Shhhhh*!

O irmão se afastou pelo corredor, descalço, como se não quisesse fazer barulho. De fininho, esgueirou-se na direção da cozinha e pegou uma garrafa de vinho pela metade que alguém esquecera em cima do balcão.

— Não — repreendeu Vicente quando Vinícius se sentou outra vez ao seu lado. — Vini, a gente não pode *beber*.

— É claro que pode. Quem vai me impedir?

— A lei?

Vinícius quase se engasgou com a risada que deu, o que teria sido ótimo se Vicente não estivesse falando sério. Eles ainda não tinham 18 anos.

— Vi, relaxa. Nosso aniversário é literalmente semana que vem, que diferença faz adiantar uns dias? — Ele estendeu a garrafa para Vicente. — Não quer um golinho? Vai ajudar você a se soltar.

Vicente queria era virar o vinho todo na cabeça do irmão, isso sim.

— Eu não quero me soltar.

— Pois devia.

— Não enquanto eu não fizer 18 anos.

Vinícius revirou os olhos, mas Vicente sentiu-se vingado quando ninguém mais aceitou a garrafa que ele ofereceu. Infelizmente, Vinícius não se abalou nem um pouco, só deu de ombros e virou quase metade do que ainda restava lá dentro, no gargalo mesmo.

Como sempre, Vicente se perguntava como era possível que eles pudessem ser irmãos. Gêmeos, ainda por cima. Se não tivessem a mesma cara, desconfiaria de que tinham sido trocados na maternidade.

Seus olhos são maiores.

Como se tivesse vontade própria, o olhar de Vicente parou em Davi, que sorriu em resposta. Vicente se perguntava se Davi se lembrava daquele dia na escola. Se desconfiava de tudo que aquelas quatro palavras tinham feito.

Vicente respirou fundo, voltando ao jogo, enquanto Caio e Raíssa andavam com seus pinos. Àquela altura, as jogadas eram mais propositais, e ter o pino teletransportado poderia significar perder a chance de dar o palpite certo primeiro.

Não que Vicente estivesse se importando. Suas anotações não estavam mais servindo para nada, mas, se alguém vencesse, pelo menos aquela noite podia acabar de uma vez. Alguém que não fosse o irmão, claro, porque ele ficaria insuportável.

Infelizmente, mesmo tendo o pino mexido, a desgraça do Vinícius conseguiu tirar seis na própria vez e entrou no cômodo mais próximo.

Vinícius dobrou a perna, apoiou o braço no joelho e deu mais um gole na garrafa. Acabaria ficando bêbado desse jeito, Vicente tinha certeza. Não era como se o irmão tivesse muita experiência com álcool.

— Eu acho — disse Vinícius, correndo os olhos pelo tabuleiro — que foi o Prof. Black.

Ele pegou o pregador de Vicente, porque é claro.

— Com a corda. Na... sala de jantar.

Vicente estava ferrado. Completa, absoluta e inegavelmente ferrado.

— Eu não posso ter tirado três — disse ele, para ninguém em particular. Para a própria prova de matemática, talvez, que o encarava cheia de marcações vermelhas. — Não tem como.

Estavam no ensino médio. Davi não era mais da mesma turma, estudava em uma sala no final do corredor agora, mas ainda iam e vinham da escola juntos todos os dias. Quem ocupava o lugar de Davi, na carteira atrás de Vicente, era a desgrama do Vinícius.

— A mãe e o pai vão arrancar seu couro — disse ele, todo inclinado na carteira para espiar a prova de Vicente.

Vicente apertou a prova contra o peito.

— Quanto você tirou?

Vinícius alargou o sorriso. Virou a prova.

— Cinco e meio. Sou um gênio da matemática.

O coração de Vicente afundou dentro do peito. Não era possível. Ele nunca tinha tirado uma nota vermelha antes em toda a sua vida e agora tinha tirado *duas*. Na primeira prova de matemática e nessa. Agora, ficaria de recuperação. Não daria nem para esconder, porque a aula de recuperação na escola sempre acontecia durante a tarde e, mesmo que mentisse e dissesse que precisava ficar só para estudar, a mãe sempre comparecia às reuniões da escola. Ela ia ficar sabendo, de um jeito ou de outro.

Vicente passou o resto da manhã desolado, fazendo anotações desconexas no caderno, e foi se arrastando para fora da sala quando o sinal da saída bateu. Nem a presença de Davi trotando lá da sala do fim do corredor para se juntar a ele o animou como de costume.

— Que foi? — perguntou Davi, com um pirulito de morango na boca e a mochila gasta pendurada sobre um ombro só. Antigamente, Davi era o mais baixo dos dois, mas agora era uns cinco centímetros mais alto que Vicente. — Que cara é essa?

Vicente só fechou mais a expressão e aí é claro que Vinícius precisava se intrometer.

— Cara de quem ficou de recuperação de matemática.

Vicente apertou as alças da mochila com mais força. O rosto queimava, ele suava debaixo da blusa da escola. De puro ódio.

— Sério? — perguntou Davi, e quando Vicente virou o rosto para olhá-lo, Davi não estava achando graça do mesmo jeito que o irmão.

Parecia, na verdade, preocupado.

Vicente respirou fundo. Não adiantaria descontar no Davi, o pobre coitado não tinha culpa de nada.

— Sério. — Vicente murchou. — Eu não consigo entender matriz e não gosto do professor. Ele dá aula como se estivesse fazendo um favor pra gente e... não tenho coragem de tirar dúvida.

Davi ficou em silêncio por um instante, os passos dos três se misturando com as conversas e risadas pelo corredor. Só voltou a falar quando estavam na rua indo em direção ao ponto de ônibus.

— Eu posso estudar com você, se quiser. Pode tirar dúvida comigo que eu não vou te morder.

Vicente, que até então estava encarando os próprios pés contando as rachaduras da calçada, ergueu os olhos.

Se Davi *soubesse*.

— Estudar junto? — ecoou ele.

— Eu fui bem na prova.

— Bem quanto?

As bochechas de Davi ficaram rosadas.

— Tirei nove e meio.

Vicente queria morrer. Que vergonha.

— Ele tirou um três — dedurou Vinícius, porque é lógico, e Vicente quis fazê-lo tropeçar na calçada.

Como não podia, só abaixou a cabeça e acelerou o passo.

Davi precisou correr um pouco para alcançá-lo.

— É sério, Vi — insistiu Davi, e tocou no braço dele. — Eu te ajudo, se você quiser.

Vicente ponderou. Ele não estava em posição de recusar ajuda, fosse de quem fosse. Claro, talvez pudesse assistir a vídeos no YouTube, mas não daria para tirar dúvidas. E ele tinha muitas.

— Eu só... — começou Vicente, sem saber qual desculpa conseguiria inventar primeiro, e qual seria menos pior. — Não quero ser um inconveniente.

Davi deu uma risadinha, como se aquela fosse uma ideia ridícula.

— Você não é um inconveniente, você é meu amigo. — Ele cutucou Vicente nas costelas. — E aí? Topa? Quando é a prova de recuperação?

Vicente engoliu em seco. A garganta doía.

— Semana que vem.

— Você pode ir lá em casa à tarde. Meu quarto é pequeno, mas a gente usa a mesa da sala.

Vicente trocou um olhar com Vinícius que, claro, levantou as sobrancelhas com um sorrisinho idiota nos lábios.

Eles iam estudar. *Só* estudar.

— Tá — concordou Vicente, por fim. — Pode ser.

Uma coisa que Vicente não tinha levado em consideração era o fato de que Davi ficaria bem perto dele enquanto explicava a matéria. Os joelhos dos dois quase se encostavam embaixo da mesa da sala de jantar, enquanto cadernos, apostilas e um notebook estavam espalhados pelo tampo.

— Então — começou Davi, apontando para uma matriz na apostila —, se você multiplicar uma matriz pela matriz oposta dela, o resultado é uma matriz identidade. Que é essa toda cheia de zeros e uns.

Claro, se ele estava dizendo.

Vicente esfregou os olhos, tentando se concentrar. Davi bateu a lapiseira contra a apostila.

— Vou resolver um exercício pra você ver, olha aqui.

Vicente tentou. Era difícil se concentrar nos números com Davi tão perto dele, falando de forma tão concentrada. Tinha uns fiozinhos de barba clara começando a nascer nas bochechas dele e dava uma vontade louca de tocá-los, de saber qual era a sensação, de...

Ele só tinha tocado na barba de um garoto uma vez, uns meses atrás.

Foi durante as férias de janeiro, quando Vicente e a família viajaram para a praia. O hotel em que eles se hospedaram era grande, bem de frente para o mar. Vicente nunca tinha gostado muito de praia nem de piscina quando havia estranhos, mas era arrastado pelos pais para a água todos os dias porque precisava *socializar*.

Foi em um desses dias que conheceu Diogo.

Diogo parecia um peixe. Mergulhava na piscina, ria, espirrava água para todo lado. Magrelo, de cabelos escuros e grandes olhos castanhos, usava pulseirinhas coloridas nos dois braços e bermudas que sempre pareciam prestes a escorregar da cintura. Vicente estava distraído tomando refrigerante perto da piscina quando Diogo pulou na água. Vicente praticamente tomou um banho.

— Meu Deus, desculpa — disse Diogo, todo molhado, no meio da piscina.

Vicente olhou para o copo de refrigerante na mão.

— Vai ficar parecendo a Coca-Cola do McDonald's agora — falou ele. — Toda aguada.

Diogo riu. Riu mesmo, e então Vicente riu também.

— Você tá hospedado aqui? — perguntou Diogo.

Era meio óbvio. O que mais Vicente estaria fazendo pegando refrigerante no bar do hotel? Mas Vicente fez que sim. Diogo alargou o sorriso.

— Eu também.

Vicente desceu para a piscina nos dois dias seguidos e Diogo sempre estava lá. Eles conversaram, riram, e quando Diogo tocou de leve em seu braço debaixo d'água, Vicente ficou onde estava. Quando Diogo se sentou ao lado dele no banco perto da piscina para tomar sorvete e as pernas dos dois se encontraram, Vicente não se afastou. E quando Diogo tirou uma pulseirinha colorida do pulso e colocou no de Vicente, Vicente aceitou.

— Viu — começou Vinícius uma noite, no quarto de hotel que dividiam. — E você e o Diogo?

Vicente esquentou até os fios de cabelo.

— O que é que tem?

— Vocês dois... tão ficando ou sei lá?

O coração de Vicente bateu rápido. Pensar em Diogo era confuso. Vicente sabia que gostava de ficar perto do garoto, Diogo era bonito e olhava para Vicente como ninguém nunca tinha olhado antes, a não ser, talvez, Davi, mas Davi... talvez Davi nunca fosse contar.

— Porque eu acho que vocês deviam — continuou Vinícius.

— Acha?

— Acho. Eu sei que você gosta do Davi, mas... talvez você devesse expandir seus horizontes.

— Talvez eu não *queira* expandir meus horizontes.

— E você vai ficar esperando o Davi pra sempre?

Vicente abriu a boca na mesma hora para dizer que não, que aquela era uma ideia ridícula, onde já se viu, mas... ele meio que estava, não estava? Sempre indo atrás de Davi, desde o primeiro dia de aula do terceiro ano do ensino fundamental. Sempre esperando por alguma coisa a mais. Sempre desejando que toques e sorrisos significassem para Davi o que significavam para ele.

Vicente mal dormiu naquela noite. Ele se revirou sem parar, tentou assistir a vídeos no celular até o sono chegar, e quando Vinícius fez barulho de manhã, Vicente sequer percebeu que havia adormecido em algum momento da madrugada.

No dia seguinte, no entanto, quando viu Diogo na piscina, um friozinho se espalhou por seu estômago. Não doía como quando Vicente olhava para Davi, e o toque de Diogo não o acendia feito uma árvore de Natal, mas...

Vinícius estava certo.

Então, quando mais tarde Diogo perguntou se Vicente queria dar uma volta na praia, Vicente disse que sim. Quando os dois se sentaram na areia enquanto o sol se punha e Diogo tentou pegar na mão de Vicente, Vicente deixou.

Os dedos de Diogo não eram tão elegantes quanto os de Davi. As unhas eram cortadas em vez de roídas, e as mãos dos dois garotos não se encaixavam do mesmo jeito, mas Vicente decidiu não se importar. Tudo bem ser *quase*. Quase era melhor que nada. Ele podia preencher os cantos que faltavam, aparar as arestas que sobravam. As pessoas provavelmente faziam isso o tempo todo.

— Você é lindo, sabia? — disse Diogo, quase um sussurro, enquanto o sol tocava o mar no horizonte.

Vicente prendeu a respiração. Esforçou-se para não desviar os olhos dos de Diogo.

— Eu sou a cara do meu irmão.

Seus olhos são maiores.

Diogo deu uma risadinha.

— É. Mas mesmo assim.

Devagar, Diogo subiu os dedos pelo braço de Vicente, os olhos castanhos estudando cada movimento que o rosto de Vicente fazia. Diogo umedeceu os lábios cheios, traçou a mandíbula de Vicente com um toque delicado.

— Posso beijar você? — perguntou Diogo.

Vicente respirou fundo, o coração alucinado.

Você vai ficar esperando o Davi pra sempre?

Em silêncio, Vicente assentiu. Diogo aproximou o rosto devagar e, assim que fechou os olhos, Vicente fechou também. Quando os lábios dos dois se encontraram e Diogo segurou o rosto de Vicente, Vicente tentou fazer o mesmo, correndo os dedos pelos cabelos grossos do outro garoto, pelo comecinho de barba que crescia nas bochechas dele, tentando não pensar que devia ser Davi. Que desejava desesperadamente que fosse.

À noite, de novo no quarto, Vicente encarou o teto na escuridão e respirou fundo.

— Eu beijei o Diogo — disse ele, sabendo que Vinícius estava acordado.

Na mesma hora, uma bermuda aterrissou em sua cabeça.

— Não *acredito*.

— Ué, foi ideia sua.

— Eu sei, mas...

— Mas você não achou que eu ia de verdade.

— Bom, é. Mas, Vi — acrescentou Vinícius, rápido, a voz animada —, isso é bom! O Davi não é o único cara do universo. Como foi?

— Molhado — respondeu ele, e Vinícius caiu na gargalhada.

Vicente fechou os olhos. Tinha sido só uma língua na outra, dentes desajeitados que não tinham certeza do que estavam fazendo. E tudo bem que ele não tinha experiência, mas não devia ser assim, devia? Se todo mundo gostava tanto de beijar, não podia ser só isso.

Quando olhava para Davi, ainda mais assim tão perto, tão concentrado, explicando matrizes como se fosse o assunto mais sério do universo e o corpo todo de Vicente pinicava, ele tinha certeza de que não podia ser.

— Então — disse Davi, batucando a borracha contra a apostila e trazendo Vicente de volta para a mesa de jantar. — Você não tá prestando atenção em nada que eu tô falando, né?

Vicente ficou escarlate. Davi só parecia estar achando graça.

— É claro que eu tô — rebateu Vicente.

— Sei. O que eu fiz até agora?

Vicente olhou para todos aqueles números e estava tentando se lembrar do que Davi explicara mais cedo quando foi salvo por um celular vibrando em cima da mesa. Davi desviou o olhar, viu o que era e apagou a tela.

— É importante? — perguntou Vicente.

— Não.

— Tem certeza que você não precisa atender?

— Tem certeza que você não tá querendo me enrolar?

Os dois trocaram um sorrisinho e Vicente voltou a se concentrar nos números do exercício. Davi apoiou os cotovelos na mesa.

— O pessoal da sala quer ir no cinema sexta depois da aula, só isso.

Vicente olhou fixamente para o caderno, piscou algumas vezes. Sabia que seria um inconveniente.

— Você pode ir — disse, embora parte dele quisesse que Davi dissesse que preferia ficar bem ali. — Não precisa deixar de ir só pra bancar o meu professor.

— Eu falei que ia te ajudar e eu vou.

— Não precisa se...

Davi colocou a mão na perna de Vicente, e o corpo todo dele ficou elétrico, parecia que tinham ligado na tomada.

— Prefiro ficar aqui com você do que ir no cinema.
— Davi abriu um sorriso. Deu uma apertadinha em seu joelho e o coração de Vicente pulou uma batida. — Agora vai, resolve o exercício.

Daquele momento em diante, Vicente resolveu. Resolveu todos os exercícios. Errou a maioria, era verdade, mas Davi corrigiu tudo, explicando quantas vezes fossem necessárias.

Era chato, era chato para caramba, mas, quando no dia antes da prova de recuperação Vicente conseguiu resolver um exercício de uma prova do ITA e Davi comemorou como se fosse um gol em final de Copa do Mundo, Vicente desconfiou de que seria capaz de passar o resto da vida resolvendo matrizes se fosse para ver Davi feliz daquele jeito.

No dia seguinte, na hora da prova, Vicente achou que fosse vomitar.

Ele estudou o máximo que conseguiu, e estaria feliz mesmo com um miserável cinco só para poder fechar o bimestre com nota azul em matemática, mas, ainda assim, estava suando frio quando o professor entregou a prova em uma sala onde só estavam ele e outros três alunos.

E pior, Davi estava do lado de fora, no corredor, esperando. Tinha dado um pirulito de morango para Vicente de boa sorte e tudo.

— Podem começar — disse o professor, e ficou sentado na própria carteira, balançando as pernas, vigiando a sala como se fosse um guardinha.

Vicente não se importou com o professor. Correu os olhos por todos os exercícios antes de começar, repassando mentalmente as aulas com Davi, todas as zilhões de variações de matrizes que os dois resolveram juntos. Relembrou de todas as vezes que Davi ficou feliz quando ele entendia algum conceito ou resolvia algum problema.

Ele podia fazer aquilo. Era só uma provinha de nada.

A lapiseira de Vicente correu pelos exercícios, e ele sequer viu o tempo passar. Quando o professor anunciou que só faltavam quinze minutos, já tinha resolvido tudo, algumas questões melhores que outras, e só faltava passar as respostas à caneta.

Os ombros ficaram mais leves assim que entregou a prova. Sabia que não tinha tirado um dez, acabou ficando na dúvida em dois ou três exercícios, mas, quando a folha passou para a mão do professor, ele soube que pelo menos tinha passado.

— Espera — pediu o professor, quando Vicente fez que ia pegar a mochila. — Eu já vou corrigir.

Ah, droga.

Vicente se sentou na carteira lentamente e enfiou a cabeça nos braços enquanto ouvia a caneta do professor raspar contra a prova. Pareceu uma pequena eternidade até acabar.

— Vicente — chamou o professor. O estômago de Vicente estava todo embrulhado, até o professor sorrir, estendendo a prova em sua direção. — Nada mal.

Vicente pegou a prova com dedos trêmulos e quase derreteu no lugar quando viu a nota. Nem ele acreditou.

— Eu passei — disse ele, baixinho.

O professor pegou a prova de volta, fazendo uma careta.

— Passou, agora faz o favor de estudar direito no próximo bimestre.

Vicente queria dizer que, se ele passara, não era graças às aulas que assistia dentro daquela sala, mas decidiu ficar quieto. Só pegou sua mochila e se levantou, porque tinha alguém esperando por ele do lado de fora.

Davi quase pulou no banco quando Vicente saiu da sala. Desligou o celular, enfiou-o no bolso e tirou o pirulito da boca.

— E aí? — perguntou ele, pálido, parecendo até mais nervoso que Vicente.

Vicente queria fazer suspense, mas era difícil. Ele nunca tinha sido um bom mentiroso, e acabou abrindo um sorriso antes que conseguisse se segurar.

— Tirei oito.

Os olhos de Davi se arregalaram. Ele deixou o pirulito cair.

— Jura?

Vicente só conseguiu fazer que sim antes de ser puxado para um abraço pelo qual ele definitivamente não estava esperando.

Davi o apertou contra si, peito contra peito, coração contra coração. Vicente congelou por um instante, sem saber como reagir, se *deveria* reagir, porque no fim das contas aquele abraço acabaria significando muito mais para ele do que para Davi, e não queria...

Davi o soltou. Mais ou menos.

Uma das mãos ficou no ombro de Vicente, a outra foi parar sobre o coração. Devagar, Davi subiu os dedos para o pescoço de Vicente, para a mandíbula dele.

— Eu sabia que você ia conseguir — disse Davi, e Vicente se esqueceu de como se respirava por um momento.

Diogo tinha feito exatamente a mesma coisa e ainda assim o toque era completamente diferente. Como podia ser tão diferente? Como Davi conseguia?

E nem era só isso. Havia alguma coisa nos olhos de Davi, alguma coisa na forma como ele engoliu em seco, alguma coisa que Vicente com certeza estava imaginando porque...

Outro aluno saiu correndo da sala de provas, como se estivesse fugindo de uma prisão de segurança máxima, e Vicente deu um pulo para trás. Davi afastou as mãos, agora largadas ao lado do corpo.

— Vou avisar minha mãe — falou Vicente, pegando o celular do bolso da calça, todo atrapalhado.

Sentiu o olhar de Davi se demorar sobre ele por um instante, observando-o, estudando-o e, quando Vicente criou coragem de encarar o outro garoto mais uma vez, teve a nítida impressão de que havia em seus olhos um brilho que nunca estivera ali antes.

7
Cozinha

Conforme o jogo avançava e ninguém acertava o palpite, Vinícius terminou a garrafa de vinho, se levantou de novo e voltou com uma latinha de cerveja, claramente nem aí para a partida.

Vicente estava desconfortável. Tudo bem, todo mundo era amigo ali há anos, mas ele já estava começando a sentir vergonha alheia pelo irmão. Imagina só se Vinícius fizesse alguma besteira, se acabasse quebrando alguma coisa.

E misturar vinho com cerveja não daria certo de jeito nenhum.

Vinícius voltou já virando goladas na latinha, e nem disfarçou quando passou por trás do irmão e claramente tentou espiar as cartas.

— Vini — repreendeu Caio, com um suspiro. Talvez os outros estivessem perdendo a paciência com o Vinícius também. — Eu vi.

— Viu nada, não.

— Você tava olhando as cartas do seu irmão.

— O Vicente é um banana! Ele fica...

— Você vai ter que pagar castigo.

Vinícius espremeu os lábios, deu mais um gole na cerveja e respirou fundo, revirando os olhos.

— Se vai te deixar feliz.

Caio abriu o mesmo sorriso de tubarão daquele dia do filme de lobisomem e alisou o bigodinho horroroso como se tivesse muito pelo ali.

— Vai me deixar muito feliz. Sabe o que você vai ter que fazer?

— Obviamente não, porque...

— Seu castigo vai ser pular na piscina pra ver se sossega o facho, porque não tá dando mais.

Vinícius abriu a boca, a imagem da indignação.

— Meu facho tá perfeitamente sossegado.

— Ou você pula na piscina ou eu levanto daqui e vou falar pra minha mãe que você decidiu acabar com o estoque de álcool dessa casa, Vinícius.

Vinícius abriu a boca. Fechou. Abriu de novo.

Então bateu a latinha contra o tampo da mesa e peões estremecerem. Muito dramaticamente, ele se levantou.

— Tá bom, nossa senhora.

E, um pouco para desespero de todo mundo, começou a tirar a roupa até ficar só de cueca.

Caio fez uma careta, as meninas viraram a cara e Davi só deu uma risadinha, balançando a cabeça como se

Vinícius fosse um caso perdido. Vicente queria se enfiar em um buraco, mas, quando Vinícius saiu para o deque na direção da piscina, achou melhor ir atrás do irmão.

— O que é que você tá fazendo? — perguntou Vinícius, parando na beirada e encarando a água. — O castigo é pra mim.

— É? Imagina só se você se afogar.

— Eu não vou me afogar, para de ser ridículo.

— Vinícius, você tá ficando chato.

— Não tô ficando chato, só não preciso de uma babá.

Vicente deveria empurrá-lo para dentro da piscina, só de raiva, mas não era esse tipo de pessoa, então só ficou observando o irmão sendo patético.

Vinícius entrou primeiro na prainha, encolhendo-se todo por causa da água gelada. O vento ondulava a superfície, balançava as árvores. No chão, os *spots* de luz acesos mirando para cima deixavam a piscina sem iluminação ainda mais escura. Então, feito uma aparição na noite, Vinícius foi até a beirada da prainha e deixou o corpo cair dentro d'água, afundando por completo.

Vicente deu um passinho para a frente, os braços cruzados na frente do torso para se proteger da ventania, esperando o irmão surgir.

Ele ficou lá por um segundo. Dois, três.

Dez.

— Vini? — chamou Vicente, chegando mais perto. Ele já deveria ter emergido. Certo? Onde ele estava? Era difícil enxergar o fundo da piscina no escuro. — Vini?

Nada do Vinícius subir.

O estômago de Vicente se retorceu até fazer um nó e ele chegou mais perto, a pontinha dos chinelos na borda da piscina. Ele engoliu em seco e se virou para ver se mais alguém estava vindo, quando alguma coisa pulou de dentro d'água, segurou-o pela frente da camiseta e o puxou com tudo para dentro da piscina.

Vicente engoliu água, água congelante, e o nariz pareceu irromper em chamas. O corpo demorou para registrar o que acabara de acontecer e ele se debateu no lugar, tentando encontrar o fundo com os pés, tentando segurar a respiração, e, meu Deus, se ele se afogasse na porcaria da piscina do sítio, se...

Alguém o puxou com força para fora da água.

Quando emergiu, buscando ar com força e com os pés firmes no fundo da piscina, os cabelos grudando em cima dos olhos, Davi estava encarando-o da borda da piscina, a camiseta respingada de água, os olhos desse tamanho em um rosto que perdera totalmente a cor.

— Você tá bem? — perguntou ele. Nem piscava.

Vicente tirou a água do rosto, os cabelos dos olhos. Fez que sim.

— Só levei um susto. E tá muito frio pra ficar na água.

Ele ia matar o Vinícius. Ia mesmo.

Do outro lado da piscina, o infeliz estava rindo feito uma hiena.

— Você devia ter visto a sua cara! — gargalhou o irmão, não parecendo se importar nem um pouco com o vento gelado.

Davi fez uma careta para ele, endireitando-se.

— Vou buscar uma toalha.

Vicente mergulhou outra vez para tentar afastar o frio, porque o lado de fora estava pior. Vinícius nadava de um lado para o outro, parecendo uma rã.

Quando Davi retornou, Vicente saiu da piscina, pingando pela escadinha. O corpo todo se arrepiou, ele se encolheu inteiro. Seria pior ficar com a camiseta molhada, então ele a puxou pelo pescoço e largou-a com um *ploft* em cima de uma das cadeiras de praia na beirada do deque.

— A toalha — pediu ele, estendendo a mão para Davi, todo patético dando pulinhos no lugar.

Davi o encarou por um instante e, com a mesma cara de pau com que tinha puxado o pirulito da mão de Vicente um pouco mais cedo, correu os olhos pelo corpo molhado do outro garoto. Assim, sem nem disfarçar.

As bochechas de Vicente arderam, ele puxou a toalha das mãos de Davi e se enrolou, afastando-se. Que... que *descarado*.

— Venham jogar logo! — gritou Bruna com os dentes trincados lá de dentro da casa. — Deixa o Vinícius aí!

Vicente esfregou a toalha pelo corpo, pelo cabelo, e Davi suspirou ao seu lado. Continuou ali, encarando-o, como se quisesse muito dizer alguma coisa.

— É melhor a gente voltar — disse Vicente, quando Davi ficou calado. — Tá frio aqui.

Davi colocou as mãos na cintura, olhou para o céu, depois para Vicente mais uma vez. Deixou os olhos se demorarem no amigo e finalmente abriu a boca:

— Eu queria que esse jogo acabasse de uma vez.

Vicente engoliu em seco, tentando não interpretar coisas que não deveria, e voltou para dentro. Desajeitado, deixou o corpo cair no chão em seu devido lugar, a toalha nos ombros. Ninguém sequer tinha mexido os peões.

Davi veio em seguida, arrastando os pés, e sentou-se do outro lado da mesa. Ele resmungou alguma coisa para si mesmo, puxou as pernas contra o peito e passou a encarar os próprios joelhos furiosamente.

Bruna, claramente sem paciência com tanta demora, jogou o dado e conseguiu levar o pino para um cômodo.

Lá na piscina, Vinícius estava finalmente indo em direção à escadinha e Vicente esperava que ele congelasse um pouco por enrolar tanto.

— Eu acho que foi a Dona Violeta — disse Bruna, por fim, indicando o próprio pino em uma partida que já virara uma bagunça. — Com a chave inglesa. Na cozinha.

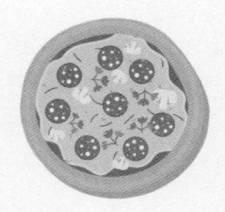

Foi em um domingo no início de junho do terceiro ano, depois do jantar, quando ainda estavam todos na cozinha, que a mãe de Vicente e Vinícius fez um anúncio.

— Vocês dois — começou dona Ana. — A gente precisa ter uma conversinha.

Vicente e Vinícius se entreolharam, expressões idênticas que claramente diziam *o que foi que a gente fez dessa vez*.

Ainda estavam sentados ao redor da mesa, Vicente com um restinho de macarrão no prato, que ele voltou a cutucar com o garfo na mesma hora.

— Eu e o seu pai temos uma coisa pra falar com vocês.

Vinícius quase cuspiu o refrigerante que estava bebendo.

— Por favor, não me diz que você tá grávida.

A mãe deles fez cara de tédio.

— É mais fácil *você* engravidar alguém, Vinícius, do que eu ficar grávida. Aliás... — A cor sumiu por completo do rosto do irmão. — Tem alguma coisa que eu preciso saber? Alguma *menina* sobre a qual eu preciso saber?

— Quê, que esteja *grávida*?

— Preferencialmente não, Vinícius.

Vinícius não sabia onde se enfiar, era ótimo.

— Não? — disse Vinícius, a resposta soando muito mais como uma pergunta.

A mãe literalmente soltou um suspiro de alívio.

— Que bom. Eu e o seu pai decidimos viajar esse mês. Só nós dois. Porque é nosso aniversário de vinte anos de casamento e, pelo amor de Jesus Cristo, a gente merece um pouco de paz agora que vocês cresceram. Vocês já têm quase 18 anos.

Vicente ficou com a leve impressão de que tinha acabado de ser insultado pela própria mãe, mas enfim.

— A gente não tem quase 18 anos — resmungou ele.

Tecnicamente era verdade, os dois ainda estavam mais perto dos 17 do que...

Vinícius abriu um sorrisinho.

— Bem no Dia dos Namorados, é?

— Vinícius — alertou o pai, com cara de que era melhor parar por aí.

— Tô quieto, pai, que saco.

— O que eu falei sobre palavr...

— Saco não é palavrão.

— *O que significa* — interrompeu a mãe, meio que perdendo a paciência — que vocês dois vão passar um fim de semana inteiro sozinhos em casa.

Aquilo fez Vinícius prestar atenção. Dava para ver, muito claramente, que ele queria sorrir, que tinha um zilhão de ideias passando dentro da cabeça dele, porque estavam passando na cabeça de Vicente também, algumas que até o fizeram suar um pouco, na verdade, mas nenhum dos gêmeos ousou mexer os lábios um milímetro sequer.

— Sozinhos? — perguntou Vinícius, dando um chutinho em Vicente debaixo da mesa.

Ele era tão *falso*, meu Deus do céu, quem o via assim poderia até pensar que era a inocência em pessoa.

— Só eu e o Vicente? — insistiu ele, como quem não quer nada.

— A gente ainda pode mudar de ideia e achar uma babá — sugeriu o pai, dando um sorriso cheio de dentes.

— Se eu desconfiar que vocês têm *qualquer* intenção de não se comportar, já que, sabe... — Ele olhou para Vicente. — Vocês ainda não têm quase 18 anos.

— É claro que a gente vai se comportar — prometeu Vicente, antes que Vinícius decidisse abrir a boca outra vez e estragar tudo. — Quando é que a gente não se comporta?

— Eu posso fazer uma lista, Vicente. — O pai pigarreou. Teve coragem de começar a contar nos dedos.

— Vocês quase colocaram fogo na cozinha uma vez. Com o micro-ondas.

— Foi só uma fumacinha e...

— Ainda tem uma telha quebrada de quando *alguém* decidiu que ia subir lá pra buscar uma pipa.

Seu Gustavo olhou para os meninos.

— Foi o *Vinícius* — protestou Vicente, cruzando os braços. O irmão atirou um macarrão que o atingiu no olho. — Ai!

— Você segurou a escada, nem vem.

— E também teve — continuou o pai, inabalável — a vez que vocês chutaram uma bola e...

— Já entendi — grunhiu Vicente. Era melhor calar a boca.

— A gente vai ligar pra vocês nos dois dias — disse a mãe, entrando na conversa. — E é bom os senhores atenderem o celular. E o telefone da sala.

Vicente enfiou o resto do macarrão gelado na boca, então foi Vinícius que decidiu falar:

— É claro que a gente vai atender.

— Vocês estão proibidos de ir pra qualquer lugar sem pedir nossa permissão — acrescentou ela.

Mais um pouco e dona Ana os obrigaria a assinar um contrato.

— E eu não quero ver nada fora do lugar, muito menos quebrado, quando a gente voltar.

— Vai ser um *test-drive* — falou o pai. — Se vocês se comportarem... a gente pode pensar em deixar vocês cuidando da casa outra vez no futuro.

— A gente não vai fazer nada, que coisa — resmungou Vinícius.

Só que, naturalmente, já havia possibilidades demais correndo pela cabeça dos gêmeos quando os dois trocaram um sorrisinho.

Vicente não tinha a intenção de chamar Davi.

Quer dizer, ele tinha *pensado* em chamar, com certeza. Davi fora a primeira pessoa a cruzar a mente dele quando Vinícius sugeriu que deveriam fazer pizzas caseiras e assistir a um filme no sábado à noite, mas Vicente perdera a coragem.

— Você que sabe — disse Vinícius. Eles estavam deitados no quarto, as luzes apagadas. — Mas não reclama depois se você ficar segurando vela.

— Por quê? Quem é que você vai chamar?

Vinícius virou de lado para encarar o gêmeo e ergueu as sobrancelhas.

— A Carol da nossa sala.

Vicente nunca conversara com a menina, mas ela e Vinícius tinham ficado amiguinhos ultimamente. Ele até ia lá do outro lado da sala encher o saco dela, e ela vivia rindo das piadinhas bestas dele.

— Ela não vai dormir em casa, vai? — perguntou Vicente, só por precaução.

Vinícius ficou escarlate.

— Não. A gente só vai comer pizza, ver filme e depois ela vai embora. Feliz?

— Muito.

— Mas acho que você devia chamar o Davi.

— Por quê?

— Porque, quer dizer... nós quatro. Podia ser... tipo um encontro duplo.

Vicente cobriu a cabeça com o cobertor, mordendo a gola do pijama por um instante.

— Vinícius, não começa.

— Faz quanto tempo já que você é apaixonado por ele?

Vicente estava a ponto de tapar os ouvidos e começar a cantar *lalalá*.

— Não importa e você sabe, porque...

— Eu ouvi umas coisas — cortou Vinícius. — Sobre o Davi.

— Umas... coisas?

O coração de Vicente foi parar na garganta. Devagar, muito deliberadamente, ele abaixou o cobertor. Vinícius estava deitado de barriga para cima, as mãos atrás da cabeça.

— É — confirmou o irmão. — Eu tenho amigos na sala dele.

— Que tipo de coisas, Vinícius?

Vinícius virou a cabeça na direção do irmão, teve a audácia de dar de ombros, como se não tivesse largado uma bomba no meio do quarto.

— Não vou ficar espalhando. Mas, se você chamar ele, vocês podem conversar.

— Talvez eu não queira conversar. Talvez eu queira esquecer o Davi. Você mesmo disse que eu devia expandir meus horizontes.

Vinícius riu.

— Bom, isso foi antes. Agora... Vi, confia em mim, eu acho que você vai querer conversar com ele. Depois, se você quiser expandir seus horizontes, eu vou ser o primeiro a te dar uma luneta.

— É só pra eu não ficar segurando vela — explicou Vicente, no dia seguinte, quando ele, Davi e Vinícius estavam saindo da escola para o ponto de ônibus. — A gente pode, sei lá, jogar videogame se você não quiser ver filme.

Davi deu uma risadinha.

— Desde que não seja filme de lobisomem.

Vicente sorriu, mesmo sem querer, e Davi retribuiu o sorriso pelo segredo que os dois compartilhavam. Ele não tinha contado para ninguém sobre aquela noite, duvidava que Davi tivesse contado também, ainda que possivelmente por motivos diferentes.

— A gente pode providenciar — disse Vicente.

Davi o encarou por um instante e a lembrança de uma mão na outra dentro do pote de pipoca, sobre os colchões, fez os dedos de Vicente se contraírem.

— Eu preciso levar alguma coisa? — perguntou Davi.

— Refrigerante — respondeu Vinícius. — A pizza é por nossa conta, a Carol vai levar sobremesa. Sorvete, acho.

— Mas só se você quiser ir — insistiu Vicente, não querendo que Davi ficasse achando coisas. — Eu posso me virar se você não quiser.

Davi deu um chutinho no tênis de Vicente. De novo, alguma coisa brilhou nos olhos dele.

— Para de ser tonto, é claro que eu quero.

Vicente não sabia se deveria fingir que tinha tentado se arrumar ou não no sábado. Como alguém se veste para uma noite de pizza na própria casa? Por fim, escolheu uma camiseta que só usara umas poucas vezes, uma calça jeans e calçou os tênis de sempre. Não era um encontro nem nada.

Era só um filme.

Pensar naquilo não adiantou quando Davi tocou a campainha e Vicente foi atender.

— Oi — disse Davi, levantando duas garrafas de refrigerante. — Coca e guaraná.

Honestamente, poderia ser até água com gás, porque Davi estava vestindo uma calça jeans escura mais ajustada que Vicente nunca vira na vida, uma camiseta preta e uma jaqueta *bomber* vermelha por cima. O uniforme da escola era azul e branco, praticamente as únicas cores nas quais eles se viam, agora que passavam os fins de semana estudando para o vestibular, e, vai se ferrar, Davi ficava lindo de vermelho. Ele deveria usar vermelho todos os dias.

— Coca e guaraná tá ótimo — falou Vicente, querendo desesperadamente que suas bochechas parassem de esquentar. Era como ter um sinal de néon na própria cara anunciando para todo mundo que Davi era sua kryptonita.

Ele abriu espaço para Davi entrar. E, vai se ferrar mais ainda, Davi tinha passado perfume.

Não era um encontro.

Era só um filme.

Carol chegou só alguns minutos depois, trazendo dois potes de sorvete que foram imediatamente colocados no freezer. Assim, os quatro começaram a se movimentar na cozinha, ralando queijo, abrindo latinhas de molho e potinhos de palmito enquanto o celular de Vinícius tocava música ruim em cima da mesa.

A princípio, fizeram duas pizzas, porque era o que cabia no forno. Uma delas tinha tanta coisa em cima que parecia impossível que não fosse acabar afundando na assadeira, com azeitonas formando as letras VC, naturalmente ideia de Vinícius, e outra, muito mais sensata, com exatamente duas azeitonas em cada pedaço porque fora responsabilidade de Vicente distribui-las.

Enquanto as pizzas assavam, eles escolheram que filme veriam.

— Eu tava brincando quando disse que não queria filme de lobisomem — disse Davi. — Pode ser o que vocês quiserem.

Secretamente, Vicente quase queria que fosse.

— A gente pode colocar alguma outra coisa de terror — sugeriu Vinícius. — Deve ter algum filme novo que saiu por esses tempos.

Carol sorriu.

— Aham, eu adoro filme de terror.

Vinícius sorriu para ela. Ele estava claramente se derretendo e era ridículo. Era um pouco fofo também, Vinícius nunca tinha ficado assim apaixonadinho por ninguém, pelo menos não que Vicente conseguisse se lembrar, e quem sabe Carol mantivesse o irmão ocupado o suficiente para ele dar um tempo com a coisa toda do Davi. Seria uma bênção.

Quando as pizzas ficaram prontas, cada um pegou um pratinho e foi para a sala, iluminada só pela luz da TV. Vinícius e Carol se acomodaram em um sofá, Vicente e Davi no outro, e, no fim, foi Carol quem escolheu o filme, porque ela já tinha assistido o catálogo quase inteiro da Netflix. Era sobre gente possuída e, sinceramente, Vicente teria preferido o lobisomem.

Conforme os minutos foram passando, os pratos e copos vazios foram sendo largados na mesinha de centro. Carol e Vinícius foram se encostando mais um no outro, e Vicente soube que seria inevitável que acabassem se agarrando naquele mesmo sofá. Ele se concentrou na TV, quieto e imóvel.

Ao seu lado, Davi mal se movia também. O corpo estava tenso, as mãos juntas sobre as pernas, a cabeça firme virada na direção da TV. Se era por causa do que acontecia na tela ou qualquer outra coisa, era difícil saber. Davi, na verdade, só se mexeu quando cutucou Vicente de leve com o cotovelo, bem na hora em que um espelho estourou no filme, e Vicente quase soltou um berro.

Davi deu uma risadinha e apontou para o outro sofá com o queixo.

Dito e feito. Nem Vinícius nem Carol estavam mais prestando atenção no filme. Não estavam nem de olhos abertos, ocupados demais quase engolindo um a cara do outro.

Vicente esfregou o rosto e soltou um suspiro.

— Quer, sei lá, lavar a louça? — perguntou ele baixinho para Davi, porque não queria mais ficar naquela sala.

Davi ergueu as sobrancelhas.

— Lavar louça?

— Acho que eles precisam de, *hum*, privacidade.

Davi umedeceu os lábios, como se estivesse considerando, mas então assentiu, inclinando-se para a frente para recolher a pilha de louça da mesinha de centro.

Vicente saiu da sala feito um foguete. Graças a Deus o filme estava alto, ele não queria ouvir *coisas* vindo do Vinícius e da Carol.

— Eu lavo e você seca? — perguntou Davi, não parecendo minimamente abalado com a agarração a uma parede de distância. Talvez porque não fosse o irmão dele lá no sofá. Talvez porque o próprio Davi já tivesse agarrado um monte de meninas.

Vicente sacudiu a cabeça de leve.

— Pode ser — concordou ele.

Só queria se manter ocupado.

Davi arregaçou as mangas da blusa, pegou a esponjinha molenga da pia e, em um ritmo reconfortante, começou a ensaboar a louça. Vicente respirou fundo, pegando cada talher e cada prato das mãos de Davi no automático, até que em algum momento a louça parou de vir.

Quando se virou para ver o que tinha acontecido, Davi estava segurando um copo ensaboado, encarando Vicente como se quisesse muito falar alguma coisa.

— Que foi? — perguntou Vicente.

Davi respirou fundo. As orelhas estavam ligeiramente vermelhas.

— Posso... fazer uma pergunta?

Vicente engoliu em seco. Não tinha certeza se queria ouvir nenhuma pergunta vindo de Davi naquele momento específico, mas tudo bem.

— *Hum*, claro — disse ele.

Davi mudou o peso do corpo de uma perna para a outra. Lançou um olhar para a sala, como se tivesse medo de que alguém estivesse vigiando, o que muito provavelmente não era o caso. Era capaz de o teto desabar e Vinícius e Carol nem se darem conta.

— É só que... é meio pessoal — continuou Davi, fazendo o bolo no estômago de Vicente dar o ar da graça.

— *Ahn*... tudo bem?

Não estava nada bem, é claro. Do lado dele, Davi tomou ar, como se estivesse prestes a mergulhar.

— Como você descobriu que... que gostava de meninos?

Vicente ficou completamente imóvel. O sangue todo escorreu para seus pés e ele precisou se apoiar na pia.

Eu ouvi umas coisas. Sobre o Davi.

— Por quê? — perguntou Vicente, a cabeça a mil. Entrando em parafuso. Tentando fazer conexões que não podiam existir. — Você já ficou com um monte de menina, então...

— Vicente.

Vicente piscou trocentas vezes seguidas. Seu cérebro se inundou com lembranças daquela mesma viagem, quando ele e Diogo estavam voltando da praia, os dedos ainda entrelaçados e os pés na areia.

Na ocasião, Vicente abaixou os olhos para jogar os chinelos no chão e poder calçá-los. Quando levantou a cabeça de novo, o pai estava vindo naquela direção.

Vicente ainda tentou se soltar de Diogo, tentou se afastar e disfarçar, mas seu Gustavo já tinha visto. *Todo mundo* tinha visto.

Diogo sorriu sem graça, desviou os olhos e acelerou o passo de volta para o hotel. Vicente ficou onde estava, como se os chinelos estivessem pregados no lugar. Não conseguiu encarar o pai quando ele se aproximou.

— Me desculpa. — Foi o que Vicente disse, o corpo todo tão tenso que parecia prestes a estourar feito uma corda esticada demais.

Seu Gustavo suspirou, chegou mais perto do filho e bagunçou os cabelos dele.

— Só por você não ter respondido as duzentas mensagens que eu te mandei, espero.

Vicente levantou os olhos. Abriu a boca, sem ter certeza do que acabara de ouvir.

— Eu...

— Você sabe que eu amo você — continuou o pai. — Né? E que nada no mundo vai mudar isso.

Vicente engoliu o bolo na garganta e assentiu com os olhos ardendo. Os dois voltaram abraçados, em silêncio, porque nenhuma palavra a mais era necessária.

Agora, ao lado de Vicente na pia, Davi tinha a mesma expressão levemente aterrorizada de quem não sabe o que vai ouvir.

— Não sei — disse Vicente, engolindo em seco. Aquela conversa não podia estar acontecendo. — Só... sempre foi assim. Por que você tá me perguntando isso agora?

Davi deu um passo à frente, tocando o braço de Vicente com a ponta dos dedos molhados, frios da água da torneira.

— É só que... eu andei pensando.

— Pensando — ecoou Vicente.

— Que talvez... não sei... eu... — Davi respirou fundo. As orelhas estavam vermelhas, o pescoço também, o rosto todo. — Acho que tô um pouco confuso com algumas coisas. Questionando algumas outras.

Vicente soltou todo o ar de seus pulmões. O coração estava batendo tão rápido e tão forte que, aos seus ouvidos, parecia mais alto que a TV.

— Algumas coisas tipo a sua sexualidade?

Davi engoliu em seco.

— Talvez.

Quando Vicente saiu do armário de vez, depois da viagem, ele não disse nada a Davi. Não a princípio. O que ele fez foi pendurar uma bandeira de arco-íris sobre a cama no lado do quarto em que dormia e, quando Davi apareceu lá para estudar depois que as aulas começaram, ficou suando frio esperando por uma reação. Por uma pergunta.

O que ele não estava esperando era que Davi fosse sorrir, pegar o travesseiro, jogar contra Vicente e dizer:

— *Finalmente.*

Como se soubesse o tempo todo. Porque Davi sempre sabia.

E Vicente rira, sem saber se era melhor ou pior que nada tivesse mudado entre eles.

Mas agora? Agora Vicente tinha a impressão de que as coisas estavam prestes a mudar, porque de jeito nenhum aquela conversa estava acontecendo. Era impossível.

Era o *Davi.*

A não ser que... aquela vez, depois da prova de matemática. Aquele dia, do filme de lobisomem.

Não poderia ser. Ou poderia?

— Por que você tá me falando isso?

Davi umedeceu os lábios mais uma vez e chegou mais perto. Os pés de Vicente pareciam feitos de chumbo. Não conseguiria se mexer nem se quisesse.

— Porque você é meu melhor amigo, a gente se conhece há décadas e eu pensei... — Ele chegou ainda mais perto, subiu e desceu os dedos pelo braço de Vicente, deslocando o ar com cada palavra que dizia. — Se a gente...

Vicente continuava imóvel, encarando-o. Seria *tão fácil*. Tudo o que ele mais quis em todos esses anos, a porcaria desse tempo todo, tão... tão *ali*, a um inclinar de cabeça.

Vicente fechou os olhos, respirou fundo e colocou a mão no peito de Davi, afastando-o.

— Não — disse ele.

Davi parou. Aqueles olhos que pareciam duas gotas de mel o encaravam, nitidamente confusos.

— Não?

Vicente precisou de todo o seu autocontrole para dar um passo para trás, para se obrigar a abrir espaço entre os dois.

— Você já beijou algum menino, Davi?

Davi piscou. Abriu a boca, fechou.

— Não. Por isso eu pensei...

— Davi — começou Vicente, respirando fundo, forçando os pulmões a encontrarem o ar. O coração ainda batia nas têmporas, no corpo todo. — Desculpa, mas... eu não vou ser seu experimento.

— Meu experimento?

— Não assim, não é... — Vicente apertou os olhos, trincou os dentes. — Desculpa. Acho que saiu do jeito errado. O que eu quero dizer é que eu não vou te beijar só pra você descobrir se gosta de meninos também, porque... porque eu não quero que você me beije só porque eu sou homem. Só pra você ver como é, porque calhou de eu estar aqui, porque... Eu quero...

O que ele queria?

Vicente fechou os olhos. A mão ainda estava encostada no peito de Davi, sentindo o coração que batia acelerado do outro lado.

— Eu quero que... — Ele encontrou a voz outra vez. Precisava encontrar. — Que, se um dia você quiser me beijar, que seja porque sou eu. Porque você quer *me* beijar e ninguém mais. Nem menino, nem menina. *Eu*. Porque você gosta de *mim*. Porque você *me* escolheu. Eu acho ótimo que você tá se descobrindo, de verdade, mas é só... — Vicente respirou fundo, balançando a cabeça. — Eu vou estar aqui quando... ou *se* você me quiser como... como eu. Como o Vicente. Mas assim... Agora... É só que... é melhor não.

O rosto de Davi desmoronou. O bolo no estômago de Vicente fez um nó tão grande que doeu. Ele tirou a mão do peito de Davi, obrigou-se a arrancá-la de lá, e deu mais um passo para trás.

— Vi — chamou Davi, os ombros caídos, as bochechas agora sem cor. — Eu não quis... me desculpa.

Vicente enxugou as mãos no pano de prato encharcado e se afastou. Tinha que se afastar.

— Eu vou pro quarto — disse ele.

— Vi.

— Acho que eu quero ficar sozinho.

E então Vicente praticamente correu cozinha afora, jogou-se na cama e gritou contra o travesseiro.

8
Sala de música

Vicente continuava enrolado na toalha e sentado no chão, querendo que o jogo de *Detetive* acabasse. Ele estava com frio e Vinícius estava definitivamente bêbado, cantando a musiquinha da dona aranha como se fosse uma balada de rock.

Do outro lado da mesa, Davi soltou um bocejo, esfregando os olhos.

— Alguém quer fazer um palpite? — perguntou ele. — Assim a gente pode ir dormir?

Raíssa abriu a boca, como se a simples ideia de desistir do jogo fosse ultrajante.

— A gente vai terminar. Eu já tô quase descobrindo.

Davi se largou no chão, caindo com um baque para trás, mexendo os braços como se estivesse fazendo um anjinho na neve. Ele parecia, assim. Um anjo. Um dos caídos.

— Já tá ficando chato — resmungou Davi.

Ele ergueu o rosto de leve na direção de Vicente, mas Vicente desviou o olhar.

— E eu — disse Vinícius, encharcado, ainda só de cueca, mas com a toalha enrolada na cintura — tô ficando com vontade de ir no banheiro. — Ele se levantou, bambo, e apontou para a mesinha. — Ninguém mexe no meu pino.

A verdade é que ninguém mais estava ligando para o pino de Vinícius.

Caio pegou o dado e jogou. Ele tirou um três, mexeu seu peão, e Raíssa foi em seguida. Àquela altura, Vicente não estava mais se importando com quem ia ganhar, e na verdade estava torcendo para alguém ter se concentrado no jogo melhor do que ele para dar o palpite certo logo.

Ela mexeu o pino e, no que deveria ser a vez de Vinícius, o barulho da descarga veio do corredor, pouco antes de o garoto abrir a porta do banheiro. Dramaticamente, ele escancarou a porta, parou onde estava e apontou lá para dentro.

— Eu não quero alarmar ninguém — disse ele, a voz arrastada. — Mas tem uma vaca ali fora.

Os cinco na mesa se entreolharam. Vicente sequer conseguiu piscar.

— Não tem graça, Vinícius.

— É sério, cacete.

Caio foi o primeiro a se levantar, seguido por Davi. Vicente não queria dar na cara que talvez estivesse se borrando com a ideia de uma vaca ter aparecido ali do nada, então se levantou também, porque Raíssa e Bruna já estavam se pondo de pé e ele não ia ser o único a ficar para trás.

Muito devagar, pé ante pé, como se a vaca fosse atacá-los caso ouvisse alguma coisa, os seis se aglomeraram na porta do banheiro. Lá fora, atrás da janelinha, alguma coisa se mexeu.

— Meu Deus, é uma vaca! — disse Vicente, antes que conseguisse se conter. — O que é que a gente vai fazer?

Parado ao lado, Davi o encarava como se quisesse muito rir e estivesse se segurando. Só faltava colocar as mãos nas bochechas para mantê-las no lugar.

— Você acha que ela pode entrar? — perguntou Bruna, encolhida atrás deles. — Tipo, na casa?

— Bom, não se a porta estiver fechada — disse Caio, virando-se como se quisesse confirmar se estava mesmo. Trancada, graças a Deus.

Vinícius se aproximou da janelinha do banheiro, esticando a cabeça para ver lá fora, e fez que ia passar a mão pelo vão.

— Vini! — grunhiu Vicente, atropelando os outros no meio do batente para entrar no banheiro e puxar o irmão com força. — O que é que você tá fazendo?

Ele pareceu genuinamente magoado.

— Carinho nela.

— Ela pode te morder!

— Ela não vai me morder, ela é minha amiga.

Paciência, Jesus, *paciência*.

Vicente arrastou Vinícius para longe da janela, tirando-o do banheiro e trazendo-o de volta para a sala.

Quando Vicente estava prestes a se sentar outra vez, depois de forçar Vinícius para baixo, Davi o cutucou.

— Eu tive uma ideia. Vem comigo?

Vicente olhou para o irmão.

— E o Vinícius?

— Os outros cuidam do Vinícius.

— Que ideia você teve, Davi, porque...

Davi o puxou pelo pulso até a lavanderia, passando pela área da churrasqueira. Ainda bem que era tudo cercado pelas portas de correr e janelas de vidro, porque, se tivesse que pisar do lado de fora, Vicente ia morrer.

Na lavanderia, Davi abriu um armarinho e pegou duas vassouras esgarçadas.

— A gente não vai dar vassourada na vaca, vai? — perguntou Vicente, pegando a vassoura como se fosse uma lança e eles estivessem prestes a ir para a guerra.

— Não, né — respondeu Davi. — A gente só vai tentar espantar ela.

— Espantar pra onde?

— Sei lá, pro mato?

— Ou a gente podia chamar seus tios.

— E aí eles vão zoar a gente pelo resto da vida — argumentou Davi, com a própria vassoura nas mãos. — Você sabe como eles são.

A família do Davi não tinha limites mesmo, as regras do *Detetive* eram só um exemplo de como todos eram sem noção.

— Por que você não chama o Caio? — perguntou Vicente. — Ou a Raíssa, ela tá com cara de quem tá louca pra espantar umas vacas.

Davi sorriu, mostrando aquele dente lascado estúpido. Apesar de tudo que tinha acontecido entre eles, o sorriso ainda fazia o coração de Vicente pular uma batida, porque era tonto desse jeito.

— Porque eu confio em você. Vem.

Eles saíram pela lavanderia. O estômago de Vicente estava todo embolado, e dessa vez nem era por causa de Davi.

De mansinho, os dois deram a volta na casa, contornando a construção na ponta dos pés até chegarem na lateral onde ficava o banheiro. Assim que viraram, a vaca entrou no campo de visão deles, em toda a sua glória.

Ela era enorme, nossa senhora. Vicente não fazia ideia de que vacas podiam ser grandes assim, era a primeira vez que chegava tão perto de uma. No incidente anterior, tinha dado só uma olhadinha de relance e corrido casa adentro para se esconder. Só que *agora*...

— Xô! — falou Davi, entredentes, empunhando a vassoura.

Até parecia que a vaca era um cachorro. Até parecia que não poderia esmagá-los com aquelas patonas se quisesse.

Lentamente, a vaca virou a cabeça na direção deles, sacudindo o rabo. Ela tinha olhos imensos, e na verdade parecia mais curiosa que qualquer outra coisa, mas vai saber.

Davi deu um passo para trás. Pode ser ou não que Vicente tenha se agarrado à camiseta dele.

— E se ela mugir? — perguntou Vicente. — Davi, e se essa vaca mugir?

— Se ela mugir, mugiu, ué.

— Vai acordar todo mundo.

Davi tomou coragem e deu mais um passo em frente.

— Vai embora, vai — falou ele, baixinho, mexendo a vassoura para a frente e para trás. — Deve ter um monte de mato gostoso pra você comer lá do outro lado da cerca.

A vaca os encarou pelos dez segundos mais longos da vida de Vicente. Parecia que ela estava vendo dentro da sua alma, lendo e julgando todos os seus segredos.

Por fim, a vaca mexeu o rabo com certa violência, soltou ar pelo nariz e se virou, como se os dois meninos não fossem dignos de sua presença.

— Ela tá indo embora? — perguntou Vicente, os dedos doendo de tanto que apertavam a camiseta de Davi.

— *Shhhh*, vamos ver.

Eles aguardaram. A mão de Davi foi parar em cima da mão de Vicente, não dava para ter certeza se para confortá-lo ou se para fazê-lo parar de esgarçar a camiseta, porque mais um pouco e a costura começaria a estalar.

Muito lentamente, a vaca subiu o morrinho e foi rebolando mato adentro. Davi se endireitou. Um sorriso se espalhou pelo seu rosto e ele levantou a vassoura esgarçada como se fosse uma espada.

— Espantadores de vacas! — gritou ele.

Vicente não ia dar risada, eles estavam perto das janela dos quartos, mas, sabe, a situação toda era tão ridícula, e no fim até a vaca mugiu lá longe, e ele não conseguiu mais se segurar.

Uma gargalhada escapou de seus lábios, tão alta e tão reprimida que ele não conseguiria mantê-la dentro de si nem se quisesse. E aí, de repente, Davi começou a rir junto com ele. E ficaram os dois tontos rindo no meio da madrugada, no meio do sítio, debaixo das estrelas.

Isto é, até que a janela de um dos quartos se abriu violentamente e a mãe das meninas colocou a cabeça para fora.

— Pelo amor de Deus, o que é que tá acontecendo aí fora? — rosnou ela. Estava com o cabelo amassado e parecia a ponto de esganar os dois garotos.

Davi e Vicente se agarraram um no outro, tentando ficar quietos, tentando, talvez, esconder as vassouras.

— Nada. — Davi conseguiu dizer.

A tia dele piscou algumas vezes. Estreitou os olhos.

— O que vocês tão fazendo com essas vassouras?

Davi olhou para elas como se tivessem se materializado ali naquele instante.

— Essas vassouras? A gente... veio varrer aqui fora.

— Varrer aí fora — repetiu a tia, muito lentamente.

— É.

— Varrer o mato, Davi?

Vicente olhou para baixo. Eles estavam mesmo em cima de uma parte do gramado.

— A gente já vai voltar lá pra dentro — disse Davi, por fim, todo vermelho. Os dois estavam.

— Acho bom e acho bom também... — A tia de Davi parou de falar. Olhou bem para Vicente. — Por que é que sua bermuda tá molhada?

Ah, droga, Vicente tinha esquecido.

Ele puxou a vassoura da mão de Davi e o arrastou para longe.

— A gente já vai voltar lá pra dentro.

— Vê se fazem menos barulho! — acrescentou ela. — Pelo amor de Deus, terminem esse jogo logo e vão pra cama.

Davi deu um sorrisinho amarelo.

— Sim, senhora.

Assim, os dois correram para dentro. Quando chegaram na sala, todo mundo estava largado no chão, com exceção de Vinícius que, por algum motivo, parecia estar contando todos os botões do controle remoto da TV.

— E a vaca? — perguntou Bruna, endireitando-se imediatamente.

Davi e Vicente trocaram um olhar conspiratório. Era uma sensação tão boa.

— A vaca foi espantada da propriedade com sucesso — declarou Davi. — Mas sua mãe mandou a gente terminar o jogo logo. De quem é a vez?

— Sua. Eu acho.

Davi se sentou e pegou o dado. Vicente o observou com atenção. Depois da vaca, parecia que a parede de vidro que os separava desde o dia da pizza tinha começado a rachar. O ar parecia menos pesado.

Ainda assim, Vicente não conseguia deixar de pensar na casinha das carpas, nas palavras que Davi não terminara de dizer.

Eu andei pensando.

Ainda havia tempo. Ainda havia uma noite inteira, e talvez Davi fosse dizer alguma coisa. Talvez fosse finalmente colocar um fim naquela história que não parecia acabar nunca, antes que o dia seguinte escrevesse a palavra por eles.

Davi rolou o dado, tirou um cinco. Com a coisa toda da vaca, os pinos acabaram ficando no mesmo lugar. Talvez um ataque bovino estivesse acima de roubos, e assim, Davi conseguiu entrar no cômodo mais próximo.

— Seguinte — disse ele. — A gente faz mais uma rodada inteira pra todo mundo e daí a gente dá palpites, pode ser? Ou acho que é capaz da tia vir puxar a gente pela orelha até a cama.

Todo mundo concordou. Caio até soltou um bocejo exagerado.

— Por mim, tudo bem.

Davi olhou as próprias anotações, e abaixou as cartas viradas para baixo.

— Acho que foi o Coronel Mostarda — disse ele, acusando o próprio personagem. — Com a corda... na sala de música.

Vicente nunca gostou de formaturas. Nem mesmo da cerimônia que participou no prezinho, porque teve que recitar um poema para um auditório cheio de pais, atrapalhou-se todo, ainda traumatizado pelo fiasco do teatro no ano anterior e, no fim, precisou da ajuda da professora para poder terminar. O público caiu na risada e ele quis se encolher até desaparecer. Agora, na do ensino médio, ele ainda não se sentia diferente.

A cerimônia aconteceria no auditório da escola, ele precisaria usar beca e, para seu total desespero, a mãe insistira em fazê-los participar da festa depois.

— Meus dois bebês vão se formar no ensino médio, é claro que a gente vai pra festa — disse ela, e Vicente morreu um pouco por dentro.

Não eram nem só os pais que compareceriam ao baile; os avós e tios também haviam sido convidados. Todo mundo ia para a festa depois.

Antes de entrar no auditório, Vicente e Vinícius precisaram tirar trocentas fotos com todo mundo, e decidiram ficar do lado de fora até a hora da cerimônia. O lugar era abafado, estava lotado, e os dois ventiladores capengas que faziam brulho lá dentro claramente não davam conta do recado no calor de dezembro.

Os gêmeos conversavam com os colegas de classe quando Vinícius cutucou Vicente na canela com o pé e apontou para a escada com o queixo.

Davi vinha subindo a escadaria, mãos nos bolsos da calça social. Ele cortara o cabelo desde o fatídico dia da pizza e vestia uma camisa verde-escura, sem gravata, o primeiro e segundo botões desabotoados. Por algum motivo, estava usando All-Star com a roupa social e fazendo parecer que todo mundo deveria ter tido a mesma ideia.

Vicente engoliu em seco e, quando os olhos dos dois se encontraram, Davi sorriu. O estômago de Vicente deu uma pontada tão grande que sentiu uma dor física. Eles não tinham conversado sobre o ocorrido desde o desastre daquele dia, meses atrás, e ele não sabia... não sabia como as coisas estavam entre eles. Não de verdade.

Os dois continuavam indo para a escola, é claro. Continuavam esperando o ônibus no mesmo ponto. Ainda assim, foi como se alguém tivesse erguido uma ponte de vidro entre os dois, toda trincada, e dito: vai, anda aí.

Cada palavra que trocavam podia ou não ter mais de um significado. Cada toque acidental era um choque.

Quando Davi abria a boca para dizer alguma coisa, qualquer coisa, Vicente prendia a respiração.

Se havia ficado com algum menino, Davi nunca disse nada. Vicente tinha medo de perguntar. Tinha medo até de encará-lo e deixar transparecer que fugir daquele beijo foi a coisa mais difícil que já fizera em toda a vida.

Davi continuava a subir a escadaria. Por um instante, parecia que ele viria na direção de Vicente para se juntar ao grupinho reunido, mas, assim que pisou perto da porta e seus colegas de sala o avistaram, Davi foi cercado de meninos e meninas e obrigado a dar beijos e abraços em todo mundo.

Vinícius chutou a canela de Vicente outra vez.

— Quer um babador?

Vicente estreitou os olhos para o irmão, as bochechas em brasa.

— Quer que eu te empurre da escada?

Vinícius só deu uma risada.

Davi cumprimentou mais algumas pessoas, e Vicente continuou ali recostado na escadaria, parado, até que Davi se soltou de todo mundo e veio em sua direção.

Ele estendeu a mão primeiro para Vinícius, que retribuiu o aperto como se não aprovasse como um todo a presença de Davi ali e quisesse, na verdade, retribuir com um safanão, e quando *Vicente* estendeu a mão para cumprimentá-lo também, do jeito mais impessoal possível, o infeliz do Davi o puxou para um abraço.

Ele estava quente, exalando cheiro de perfume e desodorante, de xampu e de alguma coisa que era só dele. Vicente prendeu a respiração depois que percebeu aquilo, arrependendo-se de ter vindo, arrependendo-se do abraço que nem tinha terminado ainda, arrependendo-se de todas as histórias que o levaram até Davi. De todas as coisas que aquele garoto poderia significar.

Vicente obrigou-se a se desvencilhar do abraço e cometeu o erro de encarar Davi nos olhos.

— Vi...

Mais um passo para trás, outro na direção do auditório.

— Eu vou entrar — disse ele, antes que não conseguisse.

E desapareceu prédio adentro.

A cerimônia pelo menos não demorou tanto, não houve teatrinho nem poema e, mais ou menos uma hora e meia depois, todo mundo já estava aglomerado na saída outra vez, com os canudos em mãos, esperando o pessoal dispersar para poderem entrar no carro e ir para o salão de festas que ficava do outro lado da cidade.

— Vi, Vini, aqui — chamou a mãe dos gêmeos, celular em posição de fotografia nas mãos.

— Mãe, quantas milhões de fotos a gente já tirou? — perguntou Vinícius, que queria arrancar a gravata do pescoço com todas as forças.

— Vinícius, menos — respondeu ela, indo até o filho para ajeitar o cabelo e a camisa dele. — Quero uma só de vocês dois, fiquem ali perto da parede.

Eles obedeceram, fazendo a maior cara de tédio do universo.

— Mais perto, pelo amor de Deus, vocês são desconhecidos por acaso?

— Ele tá todo suado — reclamou Vinícius, porque é claro, e Vicente fez uma careta.

— Você também tá.

Dona Ana revirou os olhos e continuou a gesticular até que os dois estivessem praticamente colados um no outro. Vinícius até passou o braço pelos ombros de Vicente, e os dois forçaram um sorriso para a câmera. Não satisfeita, a mãe os obrigou a tirar uma foto com o pai, e depois pediu a um estranho para tirar uma foto dos quatro juntos.

Quando a sessão de tortura finalmente terminou e seu Gustavo já estava tirando a chave do carro do bolso, a mãe deu um berro gigantesco, praticamente no ouvido de Vicente.

— DAVI! — gritou ela. Vicente teve certeza de que até quem estava no salão de festas ouviu. — Davi, aqui!

Davi se virou no lugar, meio perdido, e Vicente desejou poder se enfiar no bueiro mais próximo. Dona Ana não fazia ideia do que acontecera entre os dois e, se dependesse de Vicente, jamais ficaria sabendo.

— Mãe, o que você tá fazendo? — perguntou ele, meio sussurrando, meio não, e começando a suar ainda mais.

— Ué, chamando o Davi pra tirar uma foto com você.

— A gente já tirou foto lá dentro. Tipo, com todo mundo.

— Pois é, mas não tem só de vocês dois.

— Ele já tá indo embora, mãe, deixa ele.

Dona Ana fez um *tsc* enquanto Davi subia as escadas de volta.

— Para de ser caipira, Vicente, pelo amor de Deus. Ele é seu melhor amigo.

Vicente trincou a mandíbula e fechou a boca antes que pudesse falar alguma besteira, e olhou bem feio para Vinícius, desafiando-o a abrir o bico. Assim que Davi chegou mais perto, dona Ana o pegou em um abraço, deixando uma marca de batom enorme na bochecha dele.

— É só pra você tirar uma foto com o Vicente, meu amor — disse ela, apontando para o filho.

Vinícius se afastou, desceu uns degraus, e Davi teve a coragem de abrir um sorrisinho como se achasse graça da coisa toda.

— Claro — concordou ele, indo até Vicente e, em vez de passar o braço pelos ombros dele como Vinícius fizera, passou pela cintura.

Vicente fechou os olhos e respirou fundo, até onde os pulmões permitiam ir, consciente demais dos dedos de Davi por cima da camisa, do jeito como só uma camada ínfima de tecido separava a pele de um da pele do outro. Davi saberia, ele tinha certeza, conseguiria sentir seu coração batendo e pulsando pelo tecido da roupa, assim tão de perto, por causa dele. Ainda por causa dele. Sempre por causa dele.

Davi sorriu, Vicente imitou o movimento da melhor forma que conseguiu. Dona Ana bateu a porcaria da foto.

— Você já tá indo pra festa? — perguntou Davi, enrolando as mangas da camisa até o cotovelo.

— Acho que sim.

— A gente se vê lá, então — disse ele, abrindo um último sorrisinho. Deu um tchauzinho para Vinícius, e então se afastou para reencontrar os pais.

A mãe dos gêmeos se deu por satisfeita, guardou aquela desgraça daquele celular, e fez sinal para que eles seguissem para o carro.

— Viu — disse ela, os saltos dos sapatos fazendo barulho conforme pisava nas pedrinhas de cascalho espalhadas pelo estacionamento. — Não doeu.

E Vicente ficou quieto.

O salão de festas ficava a uns quinze minutos de carro da escola, o que pelo menos permitiu que o coração de Vicente se acalmasse um pouco durante o trajeto antes que precisasse encarar o mundo lá fora outra vez.

Vicente estava determinado a se sentar em uma cadeira, tirar foto só com quem quisesse tirar e depois ficaria quietinho no próprio canto até aquela desgraça acabar. Não pelos colegas, talvez até fosse sentir saudades de alguns deles, mas pela festa em si. Vicente sempre ficava desconfortável, sem saber o que fazer, e era difícil se soltar com tantos parentes por perto vigiando tudo.

Então, o plano era ficar sentadinho. Ou pelo menos seria, se alguém com um microfone não tivesse anunciado que logo começaria a valsa dos pais.

— Valsa dos pais? — perguntou Vicente, levemente em pânico. — O que é isso?

Dona Ana, porém, já estava levantando da cadeira, alisando o vestido, jogando o cabelo para trás. E, para o pavor completo de Vicente, estendeu a mão para ele.

— Levanta, Vicente, anda.

Vicente olhou para Vinícius, que fez um *se fodeu* com os lábios sem emitir som algum, e Vicente voltou a encarar a mãe, puxando a própria mão para mais perto do peito, como se tivesse medo de que ela fosse arrastá--lo à força até a pista.

— Por que eu? — perguntou ele. — O Vinícius também é seu filho.

— Jura? Você é mais velho, vem. Eu vou dançar com ele na segunda dança, não precisa se preocupar.

— Eu não sou mais velho, a gente...

— Quatro minutos de diferença, e eu sei disso melhor do que você, porque *doeu*. Nas duas vezes. — Ela sacudiu a mão no ar, impaciente. — Agora vem.

E ela nem tinha bebido ainda, meu Deus do céu.

Vicente se levantou e dona Ana o puxou pela mão para uma fila que se formara na entrada do salão. Vicente acabaria pisando no pé dela durante a valsa com toda a certeza, e não seria nem de propósito.

Foi horrível dançar com a própria mãe. Absolutamente mortificante.

Não necessariamente por ser a mãe, Vicente a amava e tudo mais, afinal, era a *mãe* dele, mas ele precisava *dançar*? E, de todas as pessoas com quem ele gostaria de hipoteticamente dançar na vida, não tinha certeza se ela estaria no topo da lista.

Dito e feito, Vicente pisou no pé da mãe pelo menos três vezes. Dona Ana trincou os dentes em cada uma delas, a expressão de quem puxaria a orelha de Vicente ali no meio da pista de dança, se fosse esse tipo de mãe, o que ela não era. Então a música finalmente — *graças a Deus* — acabou, e ele pôde voltar para a mesa que dividia com o resto da família. Vinícius parecia que queria sair correndo quando a mãe foi na direção dele, mas não ousou arredar o pé. Do outro lado da mesa, o pai deles soltou uma risada.

— Pelo menos disso eu fui poupado — comentou ele, uma latinha de cerveja na mão.

Vicente fez uma careta e deu um gole em seu refrigerante aguado.

A mesma música tocou pela segunda vez, e Vicente se jogou contra o encosto da cadeira, suspirando. Alargou o nó da gravata, desabotoou os primeiros botões da camisa. Ele não estava prestando atenção em nada em particular, mas então Davi brotou no meio do salão, dançando. E nem ao menos era com a mãe dele, no caso.

Davi dançava com Taís. Talvez ela e o universo tivessem formado um clubinho para deixar a vida de Vicente miserável e ele devesse se informar sobre carteirinhas.

Até onde Vicente sabia, os dois tinham ficado mais algumas vezes depois daquela festa de aniversário horrorosa, mas nada entre eles era muito sério.

Taís, no entanto, não perdia uma oportunidade de se agarrar em Davi, como era evidente.

Davi claramente não sabia dançar direito. Mais parecia que estava fazendo a mesma coisa que Vicente, mexendo o corpo meio para um lado, meio para o outro, mas as mãos dos dois estavam juntas e os corpos deles se movimentavam em sincronia.

Vicente deu outro gole no refrigerante, mas o líquido desceu errado, foi parar sabe-se lá onde e ele engasgou, tossindo com força. O pai teve que se inclinar e dar tapinhas nas costas do filho enquanto Vicente babava no guardanapo que Vinícius largara em cima da mesa.

— Tá tudo bem aí? — perguntou seu Gustavo, ainda com a mão nas costas de Vicente, enquanto o filho concordava, fazendo que sim.

Dali, ele olhou para Davi ainda dançando no meio da pista.

— Aham — respondeu Vicente, a garganta ardendo. — Tá tudo ótimo, pai.

Mais tarde, depois que o jantar e a sobremesa foram servidos, depois que as músicas ruins já tinham começado, Vicente decidiu que tinha aguentado demais sentado naquela cadeira, obrigado a ver os parentes bêbados dançando no meio da pista, e decidiu tomar um ar lá fora, no terraço.

Era um balcão à parte do salão, com portas duplas de vidro e vista para as árvores do parque ali perto. Havia apenas algumas cadeiras que muito provavelmente alguém tinha arrastado para fora e, mesmo com as portas abertas, o som da música parecia longe, uma bênção para os ouvidos de Vicente. Só com o volume mais baixo é que ele percebeu como estavam apitando.

Vicente foi até o parapeito do terraço, recostando-se ali. Ele subiu as mangas da camisa e fechou os olhos. Algumas pessoas estavam fumando lá na frente, mas nem a fumaça do cigarro o incomodava. Ele se curvou, apoiando a cabeça nos braços.

Não dava para saber quanto tempo ficou daquele jeito. Só precisava de um tempo sozinho, e estava tudo tão calmo, a brisa tão fresca, que, quando finalmente alguém chamou seu nome, a música já mudara outra vez e ele não tinha certeza se tinha passado uma, ou cinco, ou dez.

Não havia mais ninguém fumando no terraço.

Vicente endireitou o corpo e se virou. Davi olhava de um lado para o outro e, antes que Vicente pudesse pensar em sair correndo e se esconder, os olhos de um encontraram os do outro.

Davi se aproximou sorrindo, todo suado. Tinha mais um botão da camisa aberto agora, o cabelo molhado grudava na testa, nas têmporas.

— O que é que você tá fazendo aqui? — perguntou Davi, chegando mais perto. Parecendo genuinamente curioso.

— Tomando um ar — disse Vicente.

Me sentindo miserável em paz, era o que ele queria dizer.

— Eu te procurei pelo salão todo.

Vicente só deu de ombros.

— Não tô a fim de dançar. E... a música tá muito alta. Aqui fora tá mais tranquilo.

Davi se encostou no parapeito do terraço também, ao lado de Vicente. Ele olhou lá para baixo, olhou para o alto. A lua estava cheia, as estrelas pipocavam no céu como pequenas pedras preciosas.

A música mudou outra vez lá no salão. Davi se virou na direção de Vicente.

E então estendeu a mão.

— Quê? — perguntou Vicente. As batidas de seu coração já estavam na garganta.

— Vem dançar.

— Eu não sei dançar.

— Eu também não.

— Eu não *quero* dançar.

— Vi.

A mão de Davi continuou pairando no mesmo lugar. Vicente olhou para ela, olhou para ele. Xingou-se mentalmente quando aceitou o convite.

Vicente nunca mais tinha segurado a mão dele daquela forma, não desde aquela noite no sítio. Davi tinha os dedos compridos, os nós ressaltados. As palmas quentes.

— O que é que você tá fazendo? — perguntou Vicente quando Davi subiu essas mesmas mãos pelos braços dele, indo parar nos ombros.

Lentamente, Davi começou a balançar o corpo.

— Dançando, ué.

Vicente engoliu o nó na garganta e, meio hesitante, arriscou colocar as mãos na cintura de Davi. Não sabia aonde aquilo ia chegar, não sabia se queria saber.

— As pessoas vão ver — disse Vicente por fim, a voz rouca, meio difícil de sair.

— Ninguém vai ver — respondeu Davi. — Tá todo mundo bêbado.

— O pessoal da escola, Davi.

Vicente queria uma desculpa, qualquer desculpa.

Davi fechou os olhos, respirou fundo. Engoliu em seco.

— Foda-se o pessoal da escola.

Vicente o encarou por um segundo, tentando entender o que é que Davi acabara de dizer. Davi, então, passou a língua pelos lábios, balançando a cabeça.

— Desculpa — disse ele. — Por aquele dia. De verdade.

O coração de Vicente já não estava mais na garganta, estava em sua cabeça inteira, no corpo todo. Ele fechou os olhos, encostou a testa contra o peito de Davi. Dava para sentir o coração do outro garoto batendo rápido enquanto, devagar, a mão de um subia, a do outro descia. A camisa de Davi estava úmida de suor, colada à pele, mas o toque um do outro os arrepiou com mais força que o vento que soprava frio pelo terraço.

Vicente não fazia ideia do que estava acontecendo, mas, se pudesse recortar aquele instante, aquele exato momento, queria poder ficar preso naquela dança para sempre.

Com a boca seca e o corpo quente, ele levantou os olhos.

— Você pens...

— Davi!

Vicente soltou o outro garoto como se tivesse levado um tranco, como se o grito tivesse cortado os dois ao meio.

Tudo ficou meio embaçado, meio confuso, e Vicente esfregou o rosto enquanto Davi corria uma mão pelo cabelo, a outra apoiada na própria cintura.

— Quê? — perguntou Davi, parecendo irritado. Ou talvez Vicente só estivesse vendo o que queria ver.

Era Taís, que estava parada na porta do terraço. Claro que era. Parecia ligeiramente perdida ao ver Davi e Vicente sozinhos lá fora. Era ótimo, a não ser pelo fato de que ela tinha estragado tudo.

— Você... não quer ir lá pra dentro? — perguntou ela.

Davi olhou para Vicente, e depois voltou o olhar para Taís. Tinha mais gente vindo para o terraço, como se só agora tivessem percebido que ele existia e precisassem de um pouco de ar também.

Já era.

Fosse o que fosse, já era.

Vicente engoliu em seco, a lembrança do corpo de Davi contra o dele ainda tatuada em cada célula de sua pele.

— Pode ir — disse Vicente. — Vou ficar aqui fora mais um pouco.

Taís pareceu fazer disso uma espécie de permissão, porque foi até Davi e o agarrou pelo pulso, praticamente arrastando-o de volta para o salão. Davi ainda lançou um último olhar em direção a Vicente, segurando-se no batente da porta.

— Você vai lá no sítio no próximo fim de semana, né? — perguntou ele, com uma urgência evidente na voz. — A gente precisa conversar.

— Davi! — insistiu Taís, continuando a puxá-lo.

Tudo o que Vicente conseguiu fazer foi assentir. Davi sorriu, um sorriso que era só de Vicente e mais ninguém, e então se deixou arrastar para o meio da multidão.

9
Biblioteca

Vicente sequer tinha feito novas anotações em sua fo-
lhinha de papel. Ele provavelmente chutaria qualquer
coisa quando chegasse sua vez, porque essa partida de
Detetive já se transformara em um desastre.

Em sua última jogada, Vicente teve a audácia de
tirar um e nem se deu o trabalho de mexer o pregador.
Não faria a menor diferença. Davi e Bruna jogaram depois dele, mas não pareceram muito chateados quando
não conseguiram entrar em cômodo algum.

A única pessoa que parecia genuinamente interessa-
da em terminar o jogo era Raíssa. Ela contava alguma coisa
mentalmente, toda encolhida rabiscando o papelzinho. Na
vez dela, também tirou um no dado, o que fez com que ela
soltasse um grunhido e se largasse no chão em derrota.

— Eu só precisava de mais uma rodada para acertar
— resmungou ela.

Vicente se ajeitou no lugar, dando uma espiada lá
fora. O céu nunca parecera tão escuro, aquela escuridão
mais profunda de logo antes do amanhecer.

Então, os olhos de Vicente outra vez foram parar em Davi. Não porque quisessem — talvez um pouco —, mas porque Davi estava claramente tentando avançar o próprio pino para uma casa à frente com o indicador, tão devagar que quase parecia que nada estava acontecendo.

E Vicente ficou em absoluto silêncio.

Ele podia abrir a boca, fazer Davi pagar um castigo, mas só queria que o jogo terminasse. E se fosse para alguém ganhar, que pelo menos fosse ele e não o Vinícius, porque, mesmo bêbado, ele era capaz de conseguir.

Vicente piscou, decidiu encarar os próprios dedos, e foi aí que o irmão deu o ar da graça.

— Davi — disse Vinícius, com a maior cara lavada do universo. A garrafa de vinho e duas latinhas vazias de cerveja estavam cuidadosamente alinhadas ao lado dele como se fossem relíquias sagradas. — É impressão minha ou seu pino tava um quadradinho antes só, tipo, dez segundos atrás?

As orelhas de Davi ficaram vermelhas.

— Impressão sua.

— Ah, jura? O que é que seu dedo tava fazendo empurrando o pino, então?

Raíssa, em um estado de completa desolação, pegou o próprio peão e o jogou contra o primo. O pino quicou na cabeça de Davi e desapareceu embaixo do sofá.

— Davi! Na última rodada?

Davi respirou fundo, e por um segundo deu a entender que tentaria se defender, mas em seguida seu corpo murchou e ele claramente desistiu.

— Eu só quero acabar com esse jogo logo.

Vinícius abriu o maior sorriso.

— Sabia. Você não vai escapar do castigo.

— É a última rodada, Vini.

— Não interessa.

Davi se atirou no chão, colocou os braços por cima dos olhos e literalmente grunhiu.

— Alguém já te falou que você é insuportável?

— O Vicente, quase todo dia.

— Fala logo o que é que eu preciso fazer.

O sorrisinho ridículo de Vinícius se alargou. Ele tamborilou os dedos contra o queixo, como se estivesse pensando. Vicente soube que a desgraça estava anunciada quando Vinícius olhou bem na cara do gêmeo, estreitou os olhos, depois encarou Davi deitado do outro lado da mesinha.

— O seu castigo, Davi... — começou ele, arrastando cada sílaba.

O coração de Vicente veio parar na garganta.

— Vini, não — cortou ele. Não. De jeito nenhum. — Você tá bêbado, para.

— O seu *castigo* — prosseguiu Vinícius, ignorando Vicente, para variar — vai ser dar um beijo no meu irmão.

Silêncio.

Silêncio total.

Só Vinícius, aquele inútil, parecia achar alguma graça.

Do outro lado da mesinha, Davi tirou as mãos do rosto e se sentou direito. Olhou de um gêmeo para o outro como se os dois tivessem armado tudo telepaticamente.

— Como é que é? — perguntou ele, por fim. Até a cor se esvaíra de suas bochechas.

— Ué — disse Vinícius, esticando as pernas, mexendo os dedos dos pés como se estivesse na praia. — Você tem noção de quanto tempo eu passei ouvindo que o Vicente queria te b...

Vicente pegou a latinha mais próxima e atirou na cabeça do irmão.

— Ai! — resmungou Vinícius. Vicente queria estrangulá-lo, nossa senhora. — Mas é verd...

— Cala a boca, Vinícius, ou eu juro que te jogo na piscina — rosnou Vicente, todo trêmulo, todo quente, sem nem saber direito o que fazer com o próprio corpo.

Vinícius fez um *tsc*.

— É um favor que eu tô fazendo pra vocês. — Ele olhou para Vicente. — Você é apaixonado por ele há décadas, vive choramingando por aí, e o Davi só falta te comer com os olhos quando você não tá prestando atenção. Pensa que eu não vejo?

O Davi... *o quê?*

— O *quê?* — perguntou Davi, tão na mesma hora que, por um instante, Vicente achou que as palavras tinham saído da própria boca.

— Vocês dão muito na cara — continuou Vinícius, na mais perfeita calma. — Agora, se vocês puderem se beijar de uma vez e...

Vicente atirou o dado contra o irmão e Vinícius ficou quieto. Atiraria o tabuleiro para fazê-lo calar a boca, se fosse necessário.

Gelado, Vicente se obrigou a encarar Davi.

— Você não precisa fazer nada que ele tá falando — disse.

Davi estava muito sério, não parecia nem saber para onde olhar.

Por fim, ele tomou ar e deu um peteleco no pino amarelo em cima do tabuleiro que o fez voar longe.

— Não mesmo.

E se levantou, andando pesado, e foi lá para fora sem nem olhar para trás.

Vicente queria morrer. Queria se enfiar na lareira, queria se esconder dentro da piscina. Mais do que qualquer outra coisa, queria nunca mais ter que olhar para a cara de Davi na vida.

Ele se levantou também, antes que alguém pudesse dizer ou fazer alguma coisa.

— Vou tomar banho — disse Vicente, forçando as palavras a saírem, precisando se mexer antes que se estilhaçasse inteiro bem ali na frente dos outros. — Tirar o cloro do corpo.

Raíssa segurou as anotações com mais força.

— Mas e o jogo...?

— Foda-se o jogo, Raíssa.

Vicente entrou feito um furacão no quarto, revirou a mochila atrás da toalha que trouxe de casa e, quando entrou no banheiro, seus olhos estavam ardendo.

Ele era muito burro. Sabia que vir ao sítio seria uma ideia estúpida, mas tinha vindo mesmo assim, talvez na esperança de que Davi fosse finalmente dizer alguma coisa. Na esperança de *ele próprio* conseguir dizer alguma coisa, antes que fosse tarde demais.

Debaixo do chuveiro, debaixo da água quase pelando, ele trincou os dentes e se deixou chorar, jurando que seria pela última vez. Ele escolheria a faculdade mais distante que o Enem permitisse e nunca mais precisaria ver Davi na vida. As coisas seriam diferentes. Vicente seria outra pessoa.

Quando desligou o chuveiro, a pele estava vermelha, uma dor de cabeça se arrastava no fundo do crânio. Vicente tomou ar, secou o corpo com a toalha e trocou de roupa.

Agora pelo menos ele tinha certeza.

Não mesmo.

Agora pelo menos Vicente poderia seguir em frente.

Vinícius e Caio já estavam deitados em seus respectivos colchões no chão quando Vicente saiu do banheiro, a casa toda escura de súbito.

— Minha mãe fez a gente vir deitar — explicou Caio, talvez vendo a confusão estampada na cara de Vicente. — Apagou tudo, não teve nem conversa.

Vicente largou a toalha em cima de uma cadeira e seguiu para o próprio colchão. Davi não estava no quarto ainda, mas logo viria, e nem em um milhão de anos Vicente ficaria no mesmo quarto que ele. Dane-se se estava sendo imaturo.

Com um movimento rápido, Vicente puxou o travesseiro, preparado para levá-lo até a sala e se encolher no canto do sofá.

Foi aí que percebeu que havia alguma coisa debaixo do travesseiro, escondido entre o lençol e a fronha.

Uma coisa não. Três.

Duas eram cartas do *Detetive*, viradas para baixo. A outra era um pirulito de morango.

O coração de Vicente acelerou. Com a respiração presa, ele se abaixou e virou a primeira carta. Era o Coronel Mostarda. O personagem com que Davi sempre jogava.

Vicente finalmente soltou o ar e, com os dedos ligeiramente trêmulos, virou a segunda carta. Um cômodo.

A carta da biblioteca.

Muitas coisas passaram pela cabeça de Vicente naquele instante, incluindo o fato de que deveria só deixar as cartas do lado do colchão e ir dormir. E talvez ele tivesse deixado tudo para lá, se Davi estivesse dormindo no quarto no meio dos primos.

Só que Davi não estava.

Coronel Mostarda, na biblioteca.

— Vi? — chamou Vinícius, deitado no lugar.

Vicente não queria dar trela para ele, não queria falar com Vinícius pelo resto da noite e estava torcendo para que o irmão ficasse com uma ressaca terrível no dia seguinte.

— Vai dormir, Vini.

Naturalmente, Vinícius ignorou o pedido de Vicente e se sentou, enfiando as mãos nos cabelos.

— Me desculpa — pediu ele.

Vicente quase riu.

— Desculpa?

— É, caralho. — Vinícius respirou fundo, e Vicente não queria dar muito crédito ao irmão, mas pelo menos ele soava genuinamente envergonhado. — Foi... escroto da minha parte.

— Foi mesmo.

— Mas é só que eu te conheço, você não ia contar pro Davi nunca e eu falei sério quando disse que ele fica olhando pra você. É descarado.

Vicente deu uma risadinha sem graça, recusando-se a chorar mais uma vez, e sacudiu a cabeça.

— Não acho que ele fica.

Vinícius abriu a boca, como se fosse dizer alguma coisa, mas então pousou os olhos nas cartas que Vicente ainda estava segurando.

— O que é isso aí?

Coronel Mostarda, na biblioteca.

Vicente engoliu em seco, e quando fez a pergunta seguinte, foi sem conseguir encarar o irmão.

— Você acha... que eu devia falar com o Davi? Tipo, se ele quiser falar comigo.

Vinícius só faltou esmagar os ossos de Vicente quando o apertou no braço.

— Pelo amor de Deus, sim.

— Mesmo depois do jo...

— Mesmo depois. — Vinícius segurou o rosto de Vicente, esmagando as bochechas do irmão. — Olha, foi um castigo estúpido. Eu fui escroto, já disse. E a gente conhece o Davi, eu não acho... ele não é babaca. Foi culpa minha. Vocês deviam conversar, pelo menos uma vez.

— Mesmo que ele tenha me rejeitado na frente de todo mundo?

— Era um castigo de *Detetive*, Vicente. E você rejeitou ele primeiro.

Alguém assoviou no quarto. Vicente tinha até se esquecido de que os primos de Davi ainda estavam ali.

Vicente ficou vermelho, encarando as cartas de novo, o coração voltando a acelerar contra as costelas.

— Foi diferente.

— Tá, mas é melhor saber de uma vez. Não é? Quando é que você vai ter outra chance?

Vinícius estava falando coisas que faziam sentido demais para quem estava bêbado, essa era a verdade, mas Vicente se viu concordando com ele. Se não fosse agora, quando seria?

— Eu...

Um travesseiro aterrissou na cabeça de Vicente, quase derrubando-o no lugar.

— Anda logo — disse Caio. — Todo mundo já sabe.

— Todo mundo sempre soube — emendou Raíssa.

— Vocês nunca disfarçaram direito — completou Bruna.

Apesar de tudo, Vicente sorriu. Apesar de tudo, seu coração ousou abrir as asas dentro do peito.

Muito devagar, ele se levantou com as cartas e foi até a porta. O corpo parecia pulsar inteiro, o ar, elétrico.

Já estava com os dedos na maçaneta quando Vinícius o chamou de novo.

— Viu — disse ele, e Vicente se virou uma última vez. — Eu não acho que ele vai, mas, se o Davi te falar qualquer coisa zoada, você me conta.

Era só o que faltava.

— Por quê?

— Porque você é meu irmão — respondeu Vinícius, um sorriso nos lábios. — E ninguém zoa o meu irmão.

Vicente riu, se perguntando se todo mundo que tinha um irmão sentia isso também: uma mistura de amor incondicional e vontade de cometer assassinato.

— Eu... — Vicente tomou ar. — Eu já volto.

E saiu do quarto.

O corredor estava escuro, assim como a casa toda. Escura e silenciosa.

Descalço, Vicente foi contando os passos até o escritório do tio de Davi, o lugar que, para eles, sempre foi a biblioteca. Cada passada era uma batida de coração.

Por debaixo da porta, um filete de luz iluminava o final do corredor.

Davi estava lá dentro. Tinha que estar.

Vicente chegou mais perto, a mão a centímetros da maçaneta, e fechou os olhos com força. Última vez. Essa era a última vez.

Com um movimento brusco, ele girou a maçaneta.

Davi estava sentado na cadeira em frente ao computador, a cabeça baixa, com um pirulito na boca e passando as mãos pelo cabelo. Ele pareceu tomar um susto quando levantou os olhos e deu de cara com Vicente na porta.

— Vi — disse ele, a voz distorcida por causa do pirulito, quase um suspiro de alívio. — Eu... já tava achando que você não ia vir.

Vicente piscou algumas vezes, ainda onde estava.

— Quase que eu não venho.

Davi se levantou e Vicente deu um passo para trás.

— O que é que você quer? — perguntou Vicente, mantendo a voz baixa para não acordar mais ninguém.— Eu já entendi e... desculpa pelo Vinícius.

— Entendeu o quê?

— Você vai mesmo me fazer explicar?

Davi abriu a boca e, depois de um segundo, fechou outra vez. Finalmente tirou aquele pirulito estúpido de dentro dela.

— Vi, eu acho que você entendeu tudo errado.

Vicente suspirou. Engoliu o nó na garganta, lembrando-se de como Davi tinha jogado o pino longe, tinha se levantado, tinha se recusado a pagar o castigo do *Detetive* pela primeira vez na vida.

— O que eu entendi, Davi, foi que, quando o Vinícius disse que o seu castigo ia ser me beijar, você ficou todo bravinho e saiu correndo — argumentou ele, controlando a voz que queria tremer a qualquer custo. — E eu sei que foi escroto o que o meu irmão falou, ninguém é obrigado a beijar ninguém por causa de uma brincadeira, mas... você saiu correndo. Não conseguiu nem ficar na sala, nem olhar na minha cara, e se você me chamou aqui pra dizer que...

— Vicente, presta atenção — interrompeu Davi.

Ele deu mais alguns passos na direção de Vicente, que ainda segurava a maçaneta da porta com força. Tinha a impressão de que, se soltasse, quebraria inteiro no chão.

— Presta atenção no que você acabou de dizer — insistiu Davi.

— Que o Vinícius foi escroto?

Davi riu, uma risada cansada.

— Antes disso. Eu não ia... — Davi esfregou o rosto e depois respirou fundo. — Eu levantei e fiquei bravo sim, mas foi porque... Caramba, Vi, eu não queria que você achasse que te beijar ia ser um castigo pra mim.

O corpo de Vicente ficou dormente. Os dedos formigavam no metal gelado da maçaneta.

— Quê?

— Eu pensei no que você me falou — continuou Davi, dando mais um passo em sua direção.

E mais um.

E outro.

— Pensei todos os dias.

Vicente umedeceu os lábios, a respiração estava ficando entrecortada.

— Você beijou outro menino, Davi?

— Não.

— Então o que...

— Porque eu não *quero* beijar outra pessoa — declarou Davi, a expressão frustrada. — Nem menino, nem menina, nem... nem *ninguém*. Porque, quando eu penso em descer uma rua assassina em cima de um carrinho de rolimã assassino, é com você que eu quero descer. Quando passa *Meninas Superpoderosas* na TV, só consigo pensar que é o seu desenho preferido...

— Não é mais. — Vicente precisou interromper, um nó na garganta. — Já faz tempo que não é mais, eu nem assisto mais desenho.

Aquilo fez Davi rir, com o dente lascado, com o rosto iluminado. Com aqueles olhos que sempre tinham sido dois vidrinhos de mel.

— E quando eu penso em estudar com alguém... — continuou ele, mais um passo na direção de Vicente, a distância entre eles tão reduzida que a respiração dos dois quase se misturava. — É pra você que eu quero explicar matrizes e é com você que eu quero resolver exercícios impossíveis do ITA. É com você que eu quero assistir filme de lobisomem, só pra poder segurar a *sua* mão e a de mais ninguém.

Davi engoliu em seco, subiu o indicador pelo rosto de Vicente, cujo peito agora subia e descia como se ele tivesse corrido uma maratona inteira.

— É com você que eu quero dançar, e comer pizza e... é você que eu quero beijar, porque você é *você*. O Vicente. Meu melhor amigo. E mais ninguém.

A respiração de Vicente saía com dificuldade, pesada. Todas as vezes que ele achara que seu coração fosse explodir? Dessa vez explodiria mesmo.

Ele sorriu. A distância que o separava de Davi desapareceu, *finalmente* desapareceu, e se houvesse uma montanha entre os dois, um oceano ou um abismo, não teria feito diferença. Quando os lábios dos garotos se encontraram, nada conseguiria ficar entre eles, nem teria a menor chance.

Mãos e línguas se enroscaram, atrapalhadas, com a urgência e a falta de prática de quem esperou tempo demais e agora precisava desesperadamente recuperar cada segundo perdido.

De repente, Vicente parou. Quando se afastou, Davi ainda estava abrindo os olhos, como alguém sendo forçado a acordar de um sonho.

— Tá tudo bem? — perguntou ele, enroscando os dedos na camiseta do pijama de Vicente, como se não quisesse deixá-lo ir. O pirulito continuava na outra mão, apoiada de leve na cintura de Vicente.

— Aham. Só...

Vicente se virou para fechar a porta que tinha ficado aberta aquele tempo todo. Não tinha tranca, mas teria que dar.

— Sabe, já basta a vaca lá fora — completou.

Davi sorriu, o melhor sorriso do mundo todo, e colocou o pirulito de volta na boca. Devagar, Vicente voltou a se aproximar mais dele.

— Sabe — começou ele. Segurou o palitinho que despontava dos lábios de Davi com o indicador e o polegar. — Tem uma coisa que eu tô louco pra fazer há muito tempo.

Davi ergueu as sobrancelhas. Tão perto. Finalmente, tão perto.

— É?

— É.

Vicente puxou o pirulito. Se não fosse o risco de atingir alguma coisa importante dentro daquele escritório, atiraria aquele negócio longe. Mas se contentou em encostar os lábios nos de Davi mais uma vez, não querendo sair dali nunca mais.

Tanto tempo. Tanto, *tanto* tempo.

— Que foi? — perguntou Vicente, sentindo Davi sorrir contra sua boca. A respiração dele na sua.

— Eu só tava pensando — disse Davi, sem se afastar, os dedos subindo e descendo pelas costas de

Vicente. Ele era um incêndio, fogos de artifício, exatamente como Vicente sempre soube que seria. — Que no fim a gente nem terminou o jogo.

Foi a vez de Vicente sorrir. Então, com um gesto deliberado, atirou o pirulito no cesto de lixo no canto da sala.

— Acho que a gente terminou, sim — falou Vicente, as mãos nos cabelos de Davi, os lábios colados nos dele, morango e açúcar, mas também joelhos ralados, cadernos de perguntas e matrizes, filmes de terror, pizzas e vacas, danças e partidas de *Detetive*. Tudo. Eles todos e só os dois. — E acho que fui eu que ganhei.